二〇二一—二〇三五年國家古籍工作規劃重點出版項目

國家古籍整理出版專項經費資助項目

教育部全國高等院校古籍整理工作委員會直接資助重大項目

中華經解叢書

清經解 詩經編

整理本

董恩林 主編

詩經小學 毛詩補疏

（清）段玉裁 著 岳珍 點校

（清）焦循 著 劉真倫 點校

鳳凰出版社

圖書在版編目（CIP）數據

詩經小學 / (清) 段玉裁著 ; 岳珍點校. 毛詩補疏 / (清) 段玉裁焦循著 ; 劉真倫點校. -- 南京 : 鳳凰出版社, 2024.7

（中華經解叢書 : 清經解 : 整理本 / 董恩林主編. 詩經編）

ISBN 978-7-5506-4112-9

Ⅰ. ①詩… ②毛… Ⅱ. ①段… ②焦… ③岳… ④劉… Ⅲ. ①《詩經》—詩歌研究 Ⅳ. ①I207.222

中國國家版本館CIP數據核字(2024)第111747號

書　　名	詩經小學　毛詩補疏
著　　者	(清)段玉裁 著　岳　珍 點校
	(清)焦　循 著　劉真倫 點校
責任編輯	孫　州
裝幀設計	姜　嵩
責任監製	程明嬌
出版發行	鳳凰出版社(原江蘇古籍出版社)
	發行部電話025-83223462
出版社地址	江蘇省南京市中央路165號,郵編:210009
照　　排	南京展望文化發展有限公司
印　　刷	蘇州市越洋印刷有限公司
	江蘇省蘇州市吴中區南官渡路20號,郵編:215104
開　　本	890毫米×1240毫米　1/32
印　　張	8
字　　數	154千字
版　　次	2024年7月第1版
印　　次	2024年7月第1次印刷
標準書號	ISBN 978-7-5506-4112-9
定　　價	68.00圓
	(本書凡印裝錯誤可向承印廠調換,電話:0512-68180638)

《清經解》點校整理工作編委會

清經解（整理本）前言

《清經解》點校整理本，經過本所研究團隊十多年的努力，終於將要與讀者見面了。按照慣例，我作爲項目主編，有責任把相關整理情況寫出來，弁於卷首，以便讀者在閱讀和使用這個整理本時，對其「身世」有所瞭解與把握。

一

經學是中華優秀傳統文化的核心與主體部分，歷來處於古典學術與文獻分類之首。而清人集歷代經學大成，涌現出諸如顧炎武、毛奇齡、胡渭、萬斯大、閻若璩、江永、惠棟、秦蕙田、江聲、王鳴盛、戴震、錢大昕、段玉裁、邵晉涵、汪中、王念孫、孔廣森、孫星衍、凌廷堪、焦循、張惠言、阮元、胡承珙、陳立、王引之、胡培翬、郝懿行、劉文淇、劉寶楠、孫詒讓，等等，一大批著名經學家。他們秉持實事求是、無徵不信的理念，皓首窮經，前赴後繼，對十三經（《周易》《尚書》《詩經》《周禮》《儀禮》《禮記》《春秋左傳》《春秋公羊傳》《春秋穀梁傳》《論語》《孝經》《爾雅》《孟子》）進行了全方位的研究與整理，撰著了系統的新注新疏，〔一〕同時對《國語》《大戴禮記》等與十三經密切相關的先秦其他典籍也作了深入探討，取得了不朽的學術成就。據不完全統計，有清一代經學著作達五千多種，可謂經師輩出，碩果累累。

正因爲如此，晚清以來，便不斷有人對清代經學成就與經學家加以總結與表彰。其著於文者，從朱彝尊《經義考》、江藩《國朝漢學師承記》、桂文燦《經學博采録》、章太炎《訄書・清儒》、劉師培《清儒得失論》等，到梁啓超與錢穆的同名《中國近三百年學術史》、支偉成《清代樸學大師列傳》等，不一而足，均着眼於人物與學派的成就總結。另一方面，徐乾學、阮元、王先謙等清

〔一〕中華書局於一九八二年開始陸續出版《十三經清人注疏》點校本，包括李道平《周易集解纂疏》、孫星衍《尚書今古文注疏》、皮錫瑞《今文尚書考證》、王先謙《尚書孔傳參證》、陳奂《詩毛氏傳疏》、馬瑞辰《毛詩傳箋通釋》、王先謙《詩三家義集疏》、孫詒讓《周禮正義》、胡培翬《儀禮正義》、朱彬《禮記訓纂》、孫希旦《禮記集解》、黄以周《禮書通故》、孔廣森《大戴禮記補注》、王聘珍《大戴禮記解詁》、劉文淇《左傳舊注疏證》、洪亮吉《春秋左傳詁》、陳立《公羊義疏》、廖平《穀梁古義疏》、鍾文烝《春秋穀梁經傳補注》、劉寶楠《論語正義》、焦循《孟子正義》、皮錫瑞《孝經鄭注疏》、郝懿行《爾雅義疏》、邵晉涵《爾雅正義》。一九九八年又出版了《清人注疏十三經》影印本，包括惠棟《周易述》（附江藩、李林松《周易述補》）、孫星衍《尚書今古文注疏》、馬瑞辰《毛詩傳箋通釋》、孫詒讓《周禮正義》、胡培翬《儀禮正義》、朱彬《禮記訓纂》、洪亮吉《春秋左傳詁》、陳立《公羊義疏》、鍾文烝《春秋穀梁經傳補注》、劉寶楠《論語正義》、焦循《孟子正義》、皮錫瑞《孝經鄭注疏》、郝懿行《爾雅義疏》、王引之《經義述聞》等。

代學者，則專注於經解文獻即學者們對「十三經」的訓解成果的集成與彙纂。徐乾學編成《通志堂經解》，收唐宋元明經解著述一百四十餘種，將清以前的經解文獻精萃彙於一爐。阮元編成《皇清經解》一千四百卷，收經解一百八十三種； 王先謙編成《皇清經解續編》一千四百三十卷，收經解二百零九種，清中前期主要經解成果亦搜羅殆盡。其他中小型經解叢書，諸如陸奎勳輯《陸堂經學叢書》、吴志忠輯《璜川吴氏經學叢書》、錢謙鈞輯《古經解彙函》、錢儀吉輯《經苑》、袁鈞輯《鄭氏佚書》、朱記榮輯《孫谿朱氏經學叢書》、孫堂輯《漢魏二十一家易注》、李輔耀輯《讀禮叢鈔》、上海珍藝書局輯《四書古注群義彙解》、王德瑛輯《今古文孝經彙刻》，等等，在在皆是，不勝枚舉。

二

《皇清經解》爲阮元主持編纂，其刊刻背景不可不知。阮元（一七六四—一八四九），字伯元，號芸臺、雷塘庵主、揅經老人、怡性老人，江蘇儀徵人。乾隆五十四年（一七八九）進士，歷官户、禮、兵、工等部侍郎，山東、浙江、河南、江西、廣東巡撫，兩湖、兩廣、雲貴總督，太子少保、體仁閣大學士，卒謚文達，是清代既貴且壽，身兼封疆大吏、學問大家的傳奇人物。而他的學問之路，也極具個性： 一是生平獎掖篤學之士不遺餘力，培育學子日日在心，每到一地主政，即建書院、立學舍，聘飽學之士教莘莘學子，如在杭州建詁經精舍、設寧海安瀾書院，在廣州建學海堂書院等，誠爲教育大家；二是始終孜孜於經學研究與經學成果的融會綜貫，先後編纂《經籍籑詁》一百零六卷、《十三經注疏校勘記》二百四十八卷、《十三經經郛》百餘卷、《皇清經解》一千四百卷等，這些都是大型類書、叢書，編纂曠日持久，耗費巨大，而嘉惠學林則如陽光雨露，滋潤萬物，不可言表。

具體到阮元編纂《皇清經解》的動機與前後經過等，學者多有揭櫫，尤以虞萬里先生《正續清經解編纂考》爲詳盡。〔一〕嘉慶三年（一七九八），阮元責成臧在東等，鈔撮唐以前群經訓詁，按韻彙纂，成《經籍籑詁》一書，爲經學研讀者提供了一部非常實用的訓詁資料工具書。八年，阮元開始命門人陳壽祺等，利用修《經籍籑詁》的資料，於九經傳注之外，廣搜古説，輯《十三經經郛》。「經郛」之名，取意於揚雄《法言·問神》「天地之爲萬物郭，五經之爲衆説郛」，其宗旨在「薈萃經説，本末兼賅，源流具備，闡許、鄭之閎眇，補孔、賈之闕遺」，而搜輯範圍則「上自周秦，下訖隋唐，網羅衆家，理大物博，漢魏以前之籍，搜采尤勤，凡涉經義，不遺一字」。陳氏秉承師意，爲定《經郛條例》，其大端有十：一曰探原本，二曰鉤微言，三曰綜大義，四曰存古禮，五曰

〔一〕虞著載其《榆枋齋學術論集》，江蘇古籍出版社，二〇〇一年。另可參閱陳東輝《〈皇清經解〉輯刻始末暨得失評騭》（《古籍整理研究學刊》一九九七年第五期）等。

存漢學，六曰證傳注，七曰通互詮，八曰辨剿説，九曰正謬解，十曰廣異文。經陳壽祺、凌曙等人搜輯，至十六年大致編成，百餘卷。〔一〕但阮元感覺采擇未周，是以未刻，輯稿後來逐漸散失。《通志堂經解》彙編清以前歷代經解著作，《經籍纂詁》與《經郛》則將清以前經師微言、古學異文、字詞訓詁等資料萃而存之，由是阮元生出廣搜本朝經學著作，纂輯《清經解》的念頭，其序江藩《漢學師承記》云：「元又嘗思國朝諸儒説經之書甚多，以及文集説部，皆有可采，竊欲析縷分條，加以剪截，引繫於群經各章句之下。譬如休寧戴氏解《尚書》『光被四表』爲『横被』，則繫之《堯典》；寶應劉氏解《論語》『哀而不傷』即《詩》『惟以不永傷』之『傷』，則繫之《論語·八佾篇》而互見《周南》。如此勒成一書，名曰《大清經解》。徒以學力日荒，政事無暇，而能總此事，審是非，定去取者，海内學友惟江君與顧君千里二三人。他年各家所著之書，或不盡傳，奥義單辭，淪替可惜，若之何哉！」〔二〕可見阮氏意想中的《清經解》原本是想將經學專著、文集與筆記等所有文獻中的經解文字分繫於群經章句之下。道光五年（一八二五），阮元命其門生嚴杰在學海堂開始輯刻《清經解》，至九年九月全書輯刻完畢，凡一千四百卷，分裝三十函，是爲學海堂本。

〔一〕陳壽祺《經郛條例》，《左海文集》卷一，《清經解》卷一千二百五十三。
〔二〕江藩《國朝漢學師承記》卷首，中華書局，一九八三年，第一—二頁。

《皇清經解》的實際主持纂修者嚴杰（一七六四—一八四三），字厚民，號鷗盟，浙江餘杭人，因寄居錢塘，又稱錢塘人。嚴杰初爲諸生，阮元督學浙江，聘其助修《經籍籑詁》。阮氏升浙江巡撫，於杭州創辦詁經精舍，嚴杰入舍就讀，遂與阮元爲師生之誼。阮元輯《十三經注疏校勘記》時，嚴氏分任《左傳》《孝經》注疏校勘。嘉慶十五年（一八一〇），阮元離浙還朝，嚴杰於次年受聘赴京，課督阮元女阮安一年餘。後阮氏與江都張氏聯姻，嚴杰又成爲阮安未婚夫張熙之師。阮元《題嚴厚民杰書福樓圖》詩云：「嚴子精校讎，館我日最長。校經校《文選》，十目始一行。」首有小序「厚民湛深經籍，校勘精詳」云云。〔一〕嘉慶二十五年（一八二〇）春，學海堂初開，嚴杰也於此時陪伴張熙來粵完婚，遂留於粵中阮元督署。道光四年（一八二四）冬，學海堂新舍建成。翌年八月，嚴杰即受阮元之命，集阮氏藏書於堂中，別擇比勘，輯刻《皇清經解》。可見嚴杰既以校勘精審爲阮氏所器重，且兼有學生、門客之誼，故阮元委以重任。

作爲經學叢書，《皇清經解》的纂修體例既不同於《通志堂經解》，又有別於《四庫全書》，而是以作者爲綱，按年輩先後，依人著録，或選其專著，或輯其文集、筆記，上起清初，下訖阮元所處時代，依次彙集了顧炎武、閻若璩、胡渭、萬斯大、陳啓源、毛奇齡、惠周惕、姜宸英、臧琳、馮

〔一〕詳見《揅經室續集》卷六，《國學基本叢書》本。

景、蔣廷錫、惠士奇、王懋竑、江永、吴廷華、秦蕙田、全祖望、杭世駿、齊召南、沈彤、惠棟、莊存與、盧文弨、江聲、王鳴盛、錢大昕、翟灝、盛百二、孫志祖、任大椿、邵晉涵、程瑶田、金榜、戴震、段玉裁、王念孫、孔廣森、錢塘、李惇、武億、孫星衍、胡匡衷、凌廷堪、劉台拱、汪中、阮元、張敦仁、焦循、江藩、臧庸、梁玉繩、王引之、張惠言、陳壽祺、許宗彦、郝懿行、馬宗璉、劉逢禄、胡培翬、趙坦、洪震煊、劉履恂、崔應榴、方觀旭、陳懋齡、宋翔鳳、李黼平、凌曙、阮福、朱彬、劉玉麐、王崧、嚴杰等七十三位學者的一百八十三種著作。其中，閻若璩《四書釋地》一卷、《四書釋地續》一卷、《四書釋地又續》一卷、《四書釋地三續》一卷算四種書，阮元《十三經注疏校勘記》算十三種書，錢大昕《十駕齋養新録》三卷、《十駕齋養新餘録》一卷算兩種書，孫志祖《讀書脞録》二卷、《讀書脞録續編》二卷算兩種，嚴杰《經義叢鈔》三十卷算一人一書。這套叢書彙集了阮元所處時代之前清人主要經解著作，是對乾嘉經學的一次全面總結。

關於《清經解》作者、卷數、種數等統計歷來語焉不詳，説法不一。原因之一是《清經解》編者對作者著作的種數計算没有嚴格標準，如齊召南《尚書注疏考證》《禮記注疏考證》《春秋左傳注疏考證》《春秋公羊傳注疏考證》《春秋穀梁傳注疏考證》五種只算作《注疏考證》一種，而閻若璩、錢大昕、孫志祖等人的經著及續編則各算一書。原因之二，《經義叢鈔》三十卷，是嚴杰鈔輯多人多種著作組成的，過去統計《皇清經解》的子目和作者總數時，往往當作嚴杰一人作品對待，這實際上是很不嚴謹很不準確的。《經義叢鈔》所收著作可分三種情況：一是個人專著，如顧棟高《春秋大事表》十卷，洪頤煊《禮經宫室答問》二卷、《孔子三朝記注》二卷、《讀書叢録》三卷，共四種；二是單篇經義散論，共收入王昶等十三人的文章三十九篇，另有佚名經論《圜丘解》《禘祫考》《明堂解》三篇，共四十二篇；三是兩種論文集，《詁經精舍文集》六卷，收入汪家禧等四十五人的單篇論文一百四十八篇；《學海堂文集》三卷，收入張杓等十人的單篇論文十四篇。

三

《皇清經解》成書後，書版庋藏於學海堂側邊的文瀾閣，阮元制訂了「藏版章程」九條，對書版的存放、印刷及保養修補等作了嚴格規定。逮至咸豐七年（一八五七）九月，英軍攻粤，文瀾閣遭炮擊，原存書版毁失過半。咸豐十年（一八六〇），兩廣總督勞崇光等人捐資，聘請鄭獻甫、譚瑩、陳澧、孔廣鏞四人爲總校，補刻數百卷，並增刻了馮登府著作七種八卷，即《國朝石經考異》《漢石經考異》《魏石經考異》《唐石經考異》《蜀石經考異》《北宋石經考異》各一卷，《三家詩異文疏證》二卷。總計收書一百九十種、一千四百零八卷，此即「咸豐庚申補刊本」，書口皆有

「庚申補刊」四字。同治九年(一八七〇),廣東巡撫李福泰刊其同里山東濟寧許鴻磐《尚書劄記》四卷,附諸《皇清經解》之後,爲卷千四百零九至千四百十二,卷千四百十二後有「粵東省城龍藏街萃文堂刊」刊記,書口有「庚午續刊」四字,但書前目録未補入許書,是爲「庚午續刊本」。

是後上海點石齋、上海書局於清光緒十一年(一八八五)、十三年(一八八七)、十七年(一八九一),先後出版庚申補刊《皇清經解》的石印本。〔一〕但其目録,按書編號,包括馮登府《石經考異》《三家詩異文疏》二種在内,列書一百八十種,反比學海堂本《皇清經解》收書一百八十三種之數爲少,致後人枉生疑異。這是由於石印本將閻若璩《四書釋地》《續》《又續》《三續》、錢大昕《十駕齋養新録》《餘録》、孫志祖《讀書脞録》《續編》各只算作一書所致。此後,續有船山書局本《皇清經解依經分訂》、袖海山房本《皇清經解分經彙纂》、鴻寶齋本《皇清經解分經彙編》、古香閣本《皇清經解》等翻刻、分類改編之作,足見《皇清經解》編成後的社會影響巨大。

一九八八年,上海書店據庚申補刊本影印出版,分七册,並補許鴻磐《尚書劄記》四卷。二〇〇五年鳳凰出版社又據上海書局光緒十三年《清經解》石印本,與蜚英館本《皇清經解續編》一起放大影印出版,名《清經解　清經解續編》。新世紀以來,山東大學劉曉東、杜澤遜二位學者

〔一〕關於《皇清經解》版本情況,虞萬里《正續清經解編纂考》述之甚詳,讀者可參考。

又先後編纂了《清經解三編》《清經解四編》，分別收經解六十五、五十種，齊魯書社遂於二〇一六年將之與《皇清經解》《皇清經解續編》合爲《清經解全編》，共收清人經解著作五百餘種，是爲目前最全的清代經解叢書。

基於《皇清經解》刊刻流傳的上述情況，本次整理采用咸豐十年「庚申補刊」本爲工作底本，各經解分別根據實際情況采用其最早或最善版本爲校本，作一次性校勘。曾有專家建議收入「庚午續刊」的許鴻磐《尚書劄記》四卷，但我們考慮到底本的一致性問題，最終没有收入該書。

四

關於《清經解》的價值，前賢時彦多有論述，特別是虞萬里先生從經義、語言學、名物考釋、天文地理、文集筆記等幾個方面，對《清經解》所收經解著作的價值作了深入細緻的分析。〔一〕陳祖武先生也宏觀地指出了《清經解》的三大意義：首先，《皇清經解》彙聚清代前期的主要經學成就，從古籍整理的角度，做了一次成功的總結；其次，《皇清經解》的纂修，爲一種實事求是

〔一〕虞萬里《正續清經解編纂考》。

的良好學風作了示範，對於一時知識界，潛移默化，影響深遠；最後，《皇清經解》集清儒經學精萃於一書，對於優秀學術文化成果的保存和傳播，用力勤而功勞巨。〔一〕

茲據整理過程所得認識與體會，對《清經解》的價值，謹補數語如下。第一，通過編纂《清經解》，首次對阮元之前的清代經解著作進行了全面清理，摸清了家底，爲以後的經學研究指明了方嚮。如桂文燦的《經學博采録》、王先謙的《續經解》正是因了阮元的啓發而生；又清代經學家相互間由於不通信息而重複研究者不少，如柳興恩曾著《穀梁春秋大義述》三十卷，陳澧也曾寫作《穀梁箋》及條例，久而未竟，見柳氏書，遂放棄所作；又如劉寶楠、梅植之、劉文淇、柳興恩、陳立等人相約「各治一經」分撰新疏的佳話，正是通過阮元組編《清經解》才發現《春秋》三傳與《論語》等經尚無新疏。第二，《清經解》所收清人經解著作有少數已成絶版，殊爲珍貴。如凌曙《禮説》、趙坦《春秋異文箋》《寶甓齋劄記》《寶甓齋文集》、劉玉麐《甓齋遺稿》、崔應榴《吾亦廬稿》、劉逢禄《發墨守評》《箴膏肓評》《穀梁癈疾申何》等，如今只有《經解》本傳世；另如李惇《群經識小》、方觀旭《論語偶記》、段玉裁《儀禮漢讀考》、汪中《經義知新記》、張敦仁《撫本禮記鄭注考異》、王崧《説緯》等經著借助《清經解》彙編才得以首次版刻；再如嚴杰《經義叢鈔》中

〔一〕陳祖武《〈皇清經解〉與古籍整理》，載《傳統文化與現代化》一九九三年第六期。

相當一部分文章如今也别無他本可尋。第三，經過校勘，我們發現《清經解》的校勘精細，質量可靠，總體上比校本爲佳，本次整理校記不多，原因之一即由於此，如程瑶田《通藝録》被收入《清經解》的多種經解著作、盧文弨《鍾山劄記》《龍城劄記》等，底本與校本幾無差異，可見經解本校勘之精；又如汪中《經義知新記》，經解本經過王念孫校勘，可以説是目前最佳版本。第四，阮元編纂《清經解》收入了部分筆記和文集中的經解文獻，初步揭示了經義筆記與文集在經學研究中的重要意義，爲後人揭示了重要的資料門徑。如本人目前作爲首席專家主持的國家社科基金重大招標項目「清人文集『經義』整理與研究」正是從《清經解》和先師張舜徽《清人文集别録》《清人筆記條辨》中得到啓發而設計的。

對於《清經解》的不足，前賢也早有總結。如清末徐時棟曾指出《皇清經解》有十二個方面的缺陷，認爲其中最大的欠缺在於次序未當，因而建議重組，將各文分别繫於易、書、詩、周禮、儀禮、禮記、大戴禮記、三禮、春秋、孝經、論語、孟子、四書、爾雅、群經、筆記、文集、小學訓詁、小學字書、小學韻書、天文算法等二十一類之下。〔二〕先師張舜徽稱徐氏此論得其癥結，實爲後來

〔二〕見徐氏《烟嶼樓文集》卷三十六《分類重編學海堂經解贊》二十一首并序。《清代詩文集彙編》，上海古籍出版社，二〇一〇年，第六五六册，第四五四頁。

依經分訂者開示新徑，擁彗先驅。〔一〕勞崇光補刊時亦有微詞。〔二〕從後人角度審視前賢著述，肯定會產生這樣那樣的不滿意之處，這是自然規律。我們認爲，對於《清經解》，更重要的是，人們在研讀與利用這套叢書時應該注意一些什麽問題。我們應該知道，《清經解》的最大特點在於它不是一套嚴格意義上的叢書，而是兼有類書的一些成分，這是由阮元原本是想編纂一套《大清經解》類書的動機而在當時條件下又不可能實現的背景決定的。從阮元到嚴杰，大概當時所有參與者都清楚不可能按照阮元的初衷來編纂這部大書，但又必須體現阮元彙纂清人經義成果的設想。於是，一方面以彙編清代中前期經解專著爲主而成叢書形式，卻儘量删削其中大量無關直接解經的序跋與附録，儘量摒棄一切無關直接解經釋義的部分，涉卷則删卷，涉篇則删篇，涉條則删條，涉段落文字則删段落文字。如徐時棟所指責不收閻若璩《尚書古文疏證》、姜炳璋《讀左補義》、余蕭客《古經解鉤沈》、江永《古韻標準》等精博之書，可以説均不符阮元「經解」之義。閻氏之書乃考證《古文尚書》之僞；姜氏之書，《四庫全書總目》斥爲「殊非注經之體」；余氏之書輯古經解而非清人經解；江氏之書泛論古韻而非如顧炎武《易音》《詩本

〔一〕見張舜徽《清人文集别録》卷十八，華中師範大學出版社，二〇〇四年，第四五七頁。
〔二〕勞崇光《皇清經解補刻後序》，《皇清經解》庚申補刊本卷首。

音》專解《周易》《詩經》之音。另一方面又兼收清人文集與筆記中的重要經義文章，但文集與筆記中的經義文章，或一篇或數條，零金碎玉，顯然不能像最初所設想的那樣「引繫於群經各章句之下」，必須保留原文集與筆記書名以引繫其文章，這也是叢書體例所要求的。從而，形成了書名仍舊而卷數與内容大爲縮水的問題。這種情況的文集與筆記有：顧炎武《日知録》原書三十二卷，經解本節爲二卷；閻若璩《潛邱劄記》原書六卷，經解本節爲二卷；毛奇齡《經問》十八卷《補》三卷，經解本《經問》節爲十四卷、《補》節爲一卷；姜宸英《湛園劄記》原書四卷，經解本二卷；臧琳《經義雜記》原書三十卷，經解本十卷；馮景《解舂集》原書十六卷，經解本二卷；王懋竑《白田草堂存稿》原書八卷，經解本一卷；全祖望《經史問答》原書十卷，經解本節其《經問》爲七卷；杭世駿《質疑》原書二卷，經解本節爲一卷；沈彤《果堂集》原書十二卷，經解本一卷；盧文弨《鍾山劄記》原書四卷、《龍城劄記》原書三卷，經解本各節爲一卷；錢大昕《十駕齋養新録》原書二十卷、《餘録》三卷，經解本分别節爲三卷、一卷；錢氏《潛研堂文集》原書五十卷，經解本節爲六卷；孫志祖《讀書脞録》原書七卷、《續編》四卷，經解本各節爲二卷；戴震《東原集》原書十二卷，經解本二卷；段玉裁《經韻樓集》原書十二卷，經解本爲六卷；王念孫《讀書雜誌》原書八十卷、《餘編》二卷，經解本選爲二卷；孫星衍《問字堂集》原書六卷，經解本一卷；劉台拱《劉氏遺書》原收書九種十卷，經解本收其《論語駢枝》一書一卷而名不變；

凌廷堪《校禮堂文集》原書三十六卷，經解本爲一卷；汪中《述學》原書六卷，經解本二卷；阮元《疇人傳》原書四十六卷，經解本九卷；阮元《揅經室集》原有六十四卷以上，經解本七卷；臧庸《拜經日記》《拜經文集》原書分别有十二卷、五卷，經解本節爲八卷、一卷；梁玉繩《瞥記》原書七卷，經解本一卷；王引之《經義述聞》原書三十二卷，經解本節爲二十八卷；陳壽祺《左海文集》原書十卷，經解本二卷；許宗彦《鑑止水齋集》原書二十卷，經解本二卷；胡培翬《研六室雜著》一卷摘自其《研六室文鈔》（十卷）中的經學部分，由經解本編纂者另起書名；趙坦《保甓齋文録》六卷，經解本易名爲《寶甓齋文集》一卷；阮元《詁經精舍文集》原有七集，經解本取其第一集十四卷中的六卷；洪頤煊《讀書叢録》原書二十四卷，經解本三卷；阮元《學海堂文集》原有四集，經解本取其初集十六卷中的三卷；王崧《説緯》原書六卷，經解本節爲一卷；馮登府《三家詩異文疏證》原書六卷、《補遺》三卷，經解本僅録二卷。

不僅文集、筆記是這樣，經解專著中也偶有這種情況，如顧炎武《音論》原書三卷十五篇，經解本節爲一卷九篇；任大椿《弁服釋例》原書九卷，經解本删其《表》一卷；段玉裁《詩經小學》原書三十卷，經解本取臧庸删節本《詩經小學録》四卷；翟灝《四書考異》原書七十二卷，經解本删其《總考》三十六卷；顧棟高《春秋大事年表》原書五十卷，經解本删其表，僅録其叙及卷末考證議論散篇，節爲十卷；秦蕙田《觀象授時》原書二十卷，經解本節爲十四卷；惠棟《周易述》原書二十三卷，經解本删其末資料性質的兩卷而爲二十一卷；阮元《積古齋鐘鼎彝器款識》原書十卷，經解本節選二卷，等等，這裏不能盡舉。當然，大部分經解專著都保留了原貌，像上述删節情況只是少數。

還有一類經解，表面看經解本與原書卷數一致，但經解本内容有删節，或删條，或删篇，或删文字，如李惇《群經識小》、錢塘《溉亭述古録》、陳壽祺《左海經辨》、劉履恂《秋槎雜記》、萬斯大《學禮質疑》及程瑶田十幾種考證《小記》等等，上述抽取原書部分篇卷的經解專著、文集與筆記中，也有很多篇章條目被再加删除的情況。當然，也偶有經解本比原書卷數增多的，如惠周惕《詩説》原本三卷，經解本增入其《答薛孝穆書》一篇、《答吴超志書》兩篇文章，爲《詩説附録》一卷；沈彤《周官禄田考》卷二之末所附徐大椿序爲原本所無，書末所附沈彤《後記》三篇，而原本僅有其一。還有表面看經解本與原書卷數不一，實則是因爲經解本作了合併或分析，如程瑶田《考工創物小記》原書八卷，經解本將其每兩卷併一卷，合爲四卷，僅抽删了兩篇無關經義的「記」體文字；陳懋齡《經書算學天文考》原書二卷，經解本合爲一卷；孫星衍《尚書今古文注疏》原書三十卷，其中《堯典》《洪範》《顧命》《吕刑》《書序》各分卷上下、《皋陶謨》《禹貢》各分卷上中下，經解本則將各篇卷上、中、下各析爲一卷，便多出了九卷；沈彤《儀禮小疏》原書七卷，經解本析其附録《左右異尚考》另爲一卷；洪頤煊《孔子三朝記》原書七卷，嚴杰《經義叢鈔》將之合爲二卷，内容並未減少；洪震煊《夏小正疏義》原書六卷，包括正文四卷、《釋音》一卷、《異字記》一卷，經解本則將《釋音》《異字記》統附於正文四卷之末。此外，《清經解》所收經解，删除了大多數序跋、識語、附録之類。其删除之徹底，可舉一例以證：程瑶田《儀禮喪服文足徵記》保留了阮元之叙，卻删除了卷前程氏所云「吾於《喪服》末章『長殤、中殤降一等』四句，知其確是經文，而鄭君誤以爲傳，故觸處難通，不得不改經文以從其説。今余拈出，則文從字順，全篇一貫」等百餘字提綱挈領的識語，這也是很可惜的。

在上述删減情況中，有兩類頗爲極端，值得注意。一是删減如同改編，與原書相差甚遠。如經解本中阮福的《孝經義疏》實際是阮福《孝經義疏補》十卷的節選本，僅一卷，不僅篇幅比原書大爲縮水，書名被改，且經解選輯者只是將《孝經義疏補》「補」的部分中有關解釋《孝經》各章經文大義的内容擇要摘出，組合成書，而删除了大多數訓釋字詞名物與校勘異同的文字，至於其所釋之「經」「注」「疏」原文及序文，也一字不留，致使疏義文字無所依附，上下文順序淆亂，讀之不知所指，如墜霧中，故經解本所謂阮福《孝經義疏》實無可用之處，宜以《孝經義疏補》原書爲準。二是經解本編輯者在删減中擅自改動原作者的考證與觀點，如李惇《群經識小》，經解本不僅删掉了道光六年本中王念孫《序》及阮元《孝臣李先生傳》、李培紫道光五年《群經識小凡例》等，内容較原刻本也有不少改動，如「澤中有火」條，道光六年本後半段作：「或謂日出海中，乃其象。案：海在地中，日行黄道，相距遼遠，其説不可據。」經解本改作：「陳沛舟曰：『日出海中』，較諸説尤爲可據，自昏而明，亦與革義相近。」改動前後，看法明顯不同。當然，這兩類極端情況只是少數,瑕不掩瑜。

總之,《清經解》所收各書,一半以上經過了删除卷、篇、條、段落、序跋、附録與文字的加工,既未收全阮元之前清人所有經解專著或個人全部經解著作,所收經解多半也非原書原貌。雖然爲叢書之型,實則具類書之實,我們應該緊扣阮元彙輯「經解」「經義」的初衷來理解,切不可以純粹叢書規則論之,也不必求全責備。

五

二〇〇九年,承蒙教育部全國高等院校古籍整理研究工作委員會領導與專家評審組的信任,笔者領銜申報的「《皇清經解》點校整理」被立爲「重大項目」給予資助,到現在已過去了十四年。十四年來,我們華中師範大學歷史文獻學研究所全體研究人員,包括一部分碩博士研究生,參與了這個項目,同時還組織了華中科技大學文學院、湖北大學歷史系與古籍所及幾所省外高校老師協助整理。爲發揮整理研究人員的專業所長和專班負責作用,也爲了便於讀者分類研讀,我們從一開始就確立了分類整理、分編出版的原則,將《清經解》按照原目編號,然後按照周易、尚書、詩經、三禮、春秋三傳、四書孝經、小學、群經總義分爲八大類,每類設專人負責。

下一步是制定《點校條例》，包括「基本原則」「標點細則」「校勘細則」三個部分，達四十三條之多，並組織撰寫了「標點樣稿」「校勘樣稿」「點校説明樣稿」，制定了詳細的工作方案。做完這些步驟之後，再全面鋪開八大類的點校整理工作。設想不可謂不周全，規則不可謂不完整，組織不可謂不嚴密。但所有參與者，專業教師必須在完成教學、指導碩博士研究生、撰寫學術論文等各種繁瑣日常工作之後，碩博士生則要在完成各種課程及名目繁多的組織活動和諸多論文寫作之後，才能在「業餘」時間來展開這項點校工作，「挑燈夜戰」，即使所內專職研究人員也没有任何教學任務與科研論文數的減免，這不能不給點校質量摻進水分，留下「傷疤」，大概這也是目前部分已出版的古籍整理點校成果不盡如人意的癥結所在。其次，《清經解》算上雙行小注，總字數在二千萬以上，標點一遍，校勘一遍，校對清樣一遍，等於至少有六千萬字的工作量，如此大型的古籍整理點校，所遇到的各種標點疑難、校勘困惑、做事敷衍、經費拮据等等，一言難盡。所以，作爲主編，我既無法苛求參與者盡心盡意，保證其點校稿完美無誤，也没有時間與精力對所有點校稿逐字審閲（只做到了每種抽審、部分詳審），更没有經費聘請項目外的專家審稿，質量把關全壓在各點校者肩上。故對於整理本在所難免的訛誤與缺憾，只能在此祈求讀者海涵、專家指正，以待日後修訂。

本項目啓動前後，得到了全國高等院校古籍整理研究工作委員會及其秘書處安平秋主任、楊忠秘書長、曹亦冰副秘書長、盧偉主任等領導的悉心指導與關懷，得到了本校社科處與歷史文化學院的大力支持；　也曾諮詢《清經解》研究專家虞萬里先生，得到他的指點；　鳳凰出版社原社長兼總編輯姜小青先生、鳳凰出版社原編輯王華寶先生均給予了本項目諸多帮助；　以汪允普先生爲首的責任編校人員，不辭勞苦，認真編輯，極大地保證了書稿質量；　在此一并致以衷心感謝！　另外，本項目在點校過程中，參考了部分已出版的經解標點本，也要在此向所有標點整理者致以誠摯的謝意！

華中師範大學　董恩林

二〇二三年十月五稿

清經解（整理本）凡例

一、本次整理，以《皇清經解》咸豐十年（庚申）補刊本爲工作底本。

二、本次整理，將原《皇清經解》庚申補刊本所收一百九十種書分周易、尚書、詩經、三禮、春秋三傳、四書孝經、小學、群經總義八大類，分類點校。但書種的分别與庚申補刊本稍有不同，即將齊召南原算作一書的《尚書注疏考證》《禮記注疏考證》《春秋左傳注疏考證》《春秋公羊傳注疏考證》《春秋穀梁傳注疏考證》拆開，分作五種，各歸入相關五經，而將閻若璩《四書釋地》《續》《又續》《三續》、錢大昕《十駕齋養新録》《餘録》、孫志祖《讀書脞録》《續編》原分别作爲四種書、二種書的，各回歸爲一種書。又將嚴杰《經義叢鈔》三十卷中能够獨立成書的顧棟高《春秋大事表》十卷、洪頤煊《禮經宫室答問》二卷、《孔子三朝記》二卷、《讀書叢録》三卷、阮元《詁經精舍文集》六卷、《學海堂文集》三卷各自析出，歸入八大類相關部分，而將其四卷經論雜文，作爲一書，名之曰《經義散論》，歸入「群經總義」類。這樣拆分後恰好仍然是一百九十種書。

三、原《皇清經解》本多無目録，本次整理，爲方便讀者檢尋，除極少數無法編目外，儘量爲之編制目録。

四、清人經解著述，多不分段。本次整理，爲便於讀者理解，對長篇經解文字，儘量根據文意，適當分段。

五、本次整理，對底本古今字、異體字、通假字等，一般不作改動；如要改動，則要求一書前後統一。

六、本次整理，對常見避諱字，如「元」（玄）之類改字避諱、丘（丘）之類缺筆避諱，及清代新産生的避諱字，如「貞觀」寫成「正觀」、「弘治」寫成「宏治」等，均徑改不出校；稀見避諱字，則出校説明。

七、本次整理，對「己」「已」「巳」、「祗」「祇」、「戌」「戍」之類易混字，又如「劉知幾」寫成「劉知己」、「百衲」寫成「百納」等偶誤之類，均據上下文意，徑改不出校。

八、古人引文較爲隨意，掐頭去尾、斷章取義等情況不少，故本次整理，對引號使用僅作三點原則規定：一是總體上要求核對引文，謹慎施加引號；二是凡一段引文前後無他人語者不加引號；三是儘量避免使用三重引號。對引號具體用法不作硬性規定，一書前後統一即可。

九、清人常對於估計讀者難以辨識的特殊句子，自加一小「句」字表示此處應當斷句爲讀。

本次整理對此類情況施加標點後，即將「句」字删去，亦不出校。

十、本次標點整理，遵循國家規定的標點符號用法及古籍整理標點通例，但不使用破折號、省略號、着重號、專名號、間隔號等。對特殊書名號作如下處理：（一）一書多篇名相連者，連用書名號，中間不用頓號斷開。如「禮記王制月令曾子問」，標點爲「《禮記·王制》《月令》《曾子問》」。（二）《春秋》及其三傳某公某年的標點，一律作「《春秋》某公某年」、「《左傳》某公某年」，餘類推；另如「左氏某公某年傳」，則標爲「《左氏》某公某年傳」，餘類推。（三）凡書籍簡稱加書名號，如《毛詩》《論》《孟》《説文》等；凡書名與作者相連者，如「班書」（指班固《漢書》）、「謝沈書」（指謝沈《後漢書》），則標「班《書》」、「謝沈《書》」；凡書名與篇名相連者，如「漢表」（指《漢書》諸表）、「隋志」（指《隋書·經籍志》），則標爲《漢表》《隋志》。（四）凡泛稱的「經」「注」「疏」「傳」「箋」等，以及特指的「毛傳」「鄭注」「鄭箋」「孔疏」「釋文」「正義」「音義」等常見注疏名稱，一般不加書名號；但「釋文」「正義」「音義」單獨使用時原則上需加書名號，以免與同義語詞互生歧異。

十一、本次整理，以《清經解》所收各書之原書較早或較好的一種版本作爲校本，與底本進行版本對校，主要校勘文字詳略、異同兩方面，不作多版本參校與考辨。校勘遵循目前通行原則，即底本誤而校本不誤者，酌情改正或不改，均出校説明；底本不誤而校本誤者則不論。

十二、本次整理，對於《清經解》編者所刪文字，尊重原意，一律不補，亦不出校説明，只在《點校説明》中略作交代。

十三、本次整理，每種經解撰寫一篇簡明扼要的點校説明，内容有三：一是作者簡介，二是該書主要内容及經解本對原書的删減情況，三是該書版本及校本源流情況。

十四、《清經解》所收各書，目前已有少量出版了標點本，本次整理擇要吸收了這些整理成果，也改正了其中一些錯誤，並在《點校説明》中作出交代。在此，向所有點校整理成果作者敬致謝忱。

華中師範大學歷史文獻學研究所《清經解》點校整理編委會

二〇二一年二月在原《清經解點校條例》基礎上删訂而成

詩經小學

（清）段玉裁 著
岳珍 點校

目録

點校説明

《詩經小學》四卷，段玉裁著。

段玉裁（一七三五—一八一五），字若膺，號懋堂，江蘇金壇人。乾隆二十五年（一七六〇）舉人，會試不第，以舉人教習景山萬善殿官學。二十八年，從戴震問學。三十五年，吏部銓授貴州玉屏縣知縣，歷知四川富順、南溪。後稱疾致仕，移居蘇州，潛心學術。長於文字、音韻、訓詁之學。另有《説文解字注》《六書音均表》《古文尚書撰異》《詩經小學》《經韻樓集》等著述傳世。《清史稿·儒林二》有傳。

段玉裁以研治《説文》著稱，而其《説文》研究，始於乾隆四十一年（一七七六）完成《詩經小學》之後，可見其《詩經》研究實爲基礎。故自乾隆三十二年完成《詩經韻譜》《群經韻譜》，之後是《詩經小學》，四十九年完成《毛詩故訓傳定本》，此後各書又陸續有所添補，終其生不輟。《詩經小學》以校勘訓釋爲主，其文字校勘廣泛徵引三家詩、歷代石經以及歷代注疏，辨析經傳異文乃至毛、鄭異同。其文字訓釋由聲韻入手以治訓詁，尤重古今通轉、正俗流變。

是書足本三十卷，有道光五年（一八二五）抱經堂刊本傳世。乾隆五十六年（一七九一），武進臧庸就《詩經小學》三十卷本删繁纂要，成《詩經小學録》四卷，段氏以爲「精華盡在此矣，當即以此付梓」（臧鏞堂《刻〈詩經小學録〉序》），嘉慶二年（一七九七）臧氏刻於廣州，世稱拜經堂刻本，經解本所録即此本。本次整理以拜經堂刻本對校，少量段氏引書確實有誤且直接影響文義者，酌情取原書訂正。

岳珍

詩經小學 卷一

金壇段大令玉裁著

國風

關關雎鳩。

《爾雅》《説文》皆作「鴡」。

在河之洲。

《説文》曰：水中可居曰州。《詩》曰：「在河之州。」

按：《爾雅》、毛傳皆云「水中可居者曰州」，許氏正用之。

君子好逑。

鄭箋：「怨耦曰仇。」《釋文》：「逑，本亦作『仇』。」

按：《兔罝》：「公侯好仇。」《説文》「逑」字注：「怨匹曰逑。」《左傳》：「怨偶曰仇。」知「逑」「仇」古通用也。

輾轉反側。

按：古惟用「展轉」。《詩》釋文曰：「輾，本亦作展。」呂忱從「車」「展」，知「輾」字起於《字林》。

《說文》：「展，轉也。」

服之無斁。

《禮記·緇衣》、王逸《招魂》注皆引《詩》：「服之無射。」

按：「斁」爲本字，「射」爲同部假借。

薄澣我衣。

《說文》作「瀚」，今通作「澣」。

按：「幹」爲「榦」之俗，當作「瀚」，不當作「澣」。

害澣害否。

傳：曷，何也。

按：古「害」讀如「曷」，同在第十五部，於六書爲假借也。《葛覃》借「害」爲「曷」。《長發》「則莫我敢曷」，傳：「曷，害也。」是又借「曷」爲「害」。

我馬瘏矣，我僕痡矣。

《爾雅》：「痡、瘏，病也。」《釋文》：「痡，《詩》作『鋪』。瘏，《詩》作『屠』。」

按：今《詩》不作「屠」「鋪」。惟《雨無正》「淪胥以鋪」，毛傳：「鋪，病也。」爲假借。

云何盱矣。

《爾雅注》：「《詩》曰：云何盱矣。」邢疏：「『云何盱矣』者，《卷耳》及《都人士》文也。」

按：今作「吁」，誤也。《何人斯》「云何其盱」、《都人士》「云何盱矣。」經文無「吁」字。

螽斯羽。

《爾雅》「蜤螽蜙蝑。」《釋文》：「蜤，本又作『蟴』，《詩》作『斯』。」

按：「蜤」「蟴」同在第十六部，猶「斯」「析」同在第十六部也。「螽蟴」亦稱「蟴螽」，非如「鸒斯」之「斯」，不可加「鳥」。

詵詵兮。

《釋文》曰：「《說文》作『㚬』。」《玉篇》：「㚬，多也。或作『莘』『騂』『𧳜』『𤙶』『牲』。」《五經文字》：「𤙶，色臻反，見《詩》。」

按：今《說文》無「㚬」字。《東都賦》「俎豆莘莘」、《魏都賦》「莘莘蒸徒」，善注皆引毛萇《詩》傳曰：「莘莘，衆多也。」今《詩·螽斯》作「詵詵」，傳：「詵詵，衆多也。」《皇皇者華》作「駪駪」，傳：「駪駪，衆多之貌。」《桑柔》作「牲牲」，傳：「牲牲，衆多也。」蓋其字皆可作「莘莘」，《說文》引《詩·小雅》：「莘莘征夫。」

薨薨兮。

繩繩兮。

《爾雅》：「薨薨、增增，衆也。」《釋文》：「顧舍人本『薨薨』作『雄雄』。」

按：「雄」从隹，厷聲。古韻「雄」與「薨」皆在第六部。」

《螽斯》《抑》傳皆云：「繩繩，戒慎。」《下武》傳云：「繩，戒也。」《爾雅》：「兢兢、繩繩，戒也。」

揖揖兮。

蓋「輯」字之假借。《説文》：「輯，車和輯也。」

有蕡其實。

按：蕡，實之大也。《方言》：「墳，地大也。」《説文》：「頒，大頭也。」《苕之華》傳：「墳，大也。」《靈臺》傳：「賁，大鼓也。」《韓奕》傳：「汾，大也。」合數字音義攷之可見。

公侯干城。

左氏《傳》：「公侯之所以扞城其民也。」故《詩》曰：「赳赳武夫，公侯干城。」蓋讀若「干掫」之「干」。毛傳：「干，扞也。」

施于中逵。

按：「馗」「逵」本同字。毛詩作「逵」，韓詩作「馗」，與「公侯好仇」爲韻。王粲《從軍詩》與愁、由、流、舟、收、憂、疇、休、留字爲韻。古音讀如「求」，在第三部也。至宋鮑昭乃與衰、威、飛、依、積字爲韻，入於第十五部。《廣韻》又分別「馗」在尤韻，兼入脂韻。「逵」專在脂韻。顧炎武《詩本音》乃以脂韻之「逵」爲本音，而讀「仇」如「其」以協之，引《史記》趙王友歌證「仇」本有其音。不知趙王友歌乃漢人之「尤」，二韻合用。「逵」與「馗」一字，古皆讀如「求」也。禮堂按：趙王友歌，《漢書・高五王傳》作「仇」，《史記・呂后紀》作「讎」。

江之永矣。

《説文》「永」字注引《詩》「江之永矣」，「羕」字注「水長也」，引《詩》「江之羕矣」。

按：永，古音「養」，或假借「養」字爲之。如《夏小正》「時有養日，時有養夜」，即「永日」「永夜」也。

言秣其駒。

《説文》：「䬴，食馬穀也。」無「秣」字。《廣韻》「秣」同「䬴」。

遵彼汝墳。

《爾雅》「汝爲濆」注：「《詩》曰：『遵彼汝濆』，大水溢出別爲小水之名。」《釋文》：「濆，《字林》作『涓』，衆《爾雅》本亦作『涓』。」

按：《説文》：「涓，小流也。」《爾雅》曰：「『汝爲涓。』濆，水厓也。《詩》曰：『敦彼淮濆。』」此詩從毛「大防」之訓，作「墳」爲正。

惄如調飢。

《説文》：「飢，餓也。饑，穀不孰也。」唐石經「飢渴」皆作「飢」，「饑饉」皆作「饑」。

按：傳：「調，朝也。」言《詩》假借「調」字爲「朝」字也。調，周聲。朝，舟聲。

王室如燬。

按：《説文》：「火，燬也。燬，火也。焜，火也。」《方言》：「楚語煤，齊言燬。」古「火」讀如「毀」，在第十五部。「焜」「燬」皆即「火」字之異。

百兩御之。

按：「御」爲「訝」之假借字。「訝」或作「迓」，相迎也。古「訝」與「御」皆在第五部。

維鳩方之。

按：毛「方有之也」四字一句，猶言「甫有之也」。下章當云「成之能成，百兩之禮」也。本或無「之」字，於「方」字作逗，而訓爲「有」。朱子從之，誤也。戴先生曰：「方，房也。古字通。」

于沼于沚。

傳：于，於。

按：恐與「于以」之「于」相亂，故言「于」者「於」之假借也。鄭箋：「于以，猶言往以也。」

南澗之濱。

《説文》作「顭」，無「濱」字。隸作「瀕」，省作「頻」。

于彼行潦。

傳：行潦，流潦也。

按：行，當作「洐」。洐，溝水行也。

維筐及筥。

傳：方曰筐，圓曰筥。

按：《説文》：「方曰匡，圜曰簾。」匡，俗作「筐」。簾，《方言》作「篋」。

于以湘之。

傳：湘，亨也。

按：以「湘」爲「亨」，同部假借。古「享獻」「亨孰」「元亨」同作「亯」，在第十部。又《郊祀志》云：「鬺亨上帝鬼神者，謂煑而獻之也。」亨，讀如饗。《史記》作「亨鬺」，文倒，當從《漢書》。師古注引《韓詩》「于以鬺之」。鬺，即《説文》之「鬺」字，煑也。《毛詩》「湘」字當爲「鬺」之假借。

有齊季女。

《玉篇》引「有齌季女」。攷《説文》：「齌，材也。」

勿翦勿伐。

按：俗以「前」爲「歬後」字，以矢羽之「翦」爲「前斷」字。

召伯所茇。

《說文》：「废，舍也。」引《詩》「召伯所废」，「茇，艸根也。」《毛詩》作「茇」，字之假借。《漢書・禮樂志》「拔蘭堂」，又借作「拔」字。箋云：「茇，草舍也。」未免牽合其說。鏞堂按：《周禮・大司馬》「中夏教茇舍」注：「茇，讀如萊沛之沛。茇舍，草止之也。軍有草止之法。」賈疏云：「以草釋茇，以止釋舍。」此「茇」爲正字。又按：毛傳本作「茇舍也」，故箋申之云：「止舍甘棠之下。」是毛、鄭皆以「茇」爲「废」之假借。今毛傳及陸氏引《說文》皆衍作「草舍也」。攷正義曰：「茇者，草也。草中止舍，故云茇舍。」是孔氏雖不知「茇」爲「废」之假借，而孔本毛傳原無「草」字，亦可見矣。

素絲五紽。

傳：「紽，數也。緫，數也。」《釋文》：「數，皆入聲，音促。」《東門之枌》「越以鬷邁」，傳曰：「緫，數。邁，行也。」《烈祖》「鬷假無言」，傳曰：「鬷，緫。假，大也。緫大，無言無爭也。」毛意「鬷」者，「緫」之假借。緫者，數也，如「數罟」之「數」。《九罭》傳曰：「九罭，緵罟小魚之網也。」《烈祖》「鬷假」，《中庸》作「奏假」。奏，亦讀如蔟。古者素絲以英裘五緫謂素絲，英飾數數然，其數有五也。緎，即縫。五緎，言素絲爲飾之縫有五也。紽，讀爲佗。佗，加也。其英飾五，故曰五佗。

委蛇委蛇。

顧炎武《唐韻正》曰：《漢衛尉衡方碑》：「禕隋在公酸棗令。」《劉熊碑》：「卷舒委隨成陽令。」《唐扶頌》：「在朝委隨。」

按：《君子偕老》：「委委佗佗。」《說文》：「委，隨也。」古「它」聲、「隋」聲字同在第十七部。

殷其靁。

李善《景福殿賦》注引毛萇傳曰：「磤，雷聲也。」

莫敢或遑。

《說文》無「遑」字，古經典多假「皇」。《爾雅》：「偟，暇也。」

摽有梅。

《廣韻》引《字統》云：「合作『莩』，落也。」趙岐注《孟子》曰：「莩，零落也。《詩》曰：『莩有梅』。」《漢書》「野有餓莩而不知發」，鄭氏曰：「莩，音《蔈有梅》之蔈。」

按：《說文》有「受」無「莩」。「受，物落上下相付也。摽，擊也。」同部假借。作「莩」，俗。又按：《終南》傳：「梅，柟也。」《墓門》傳：「梅，柟也。」與《爾雅》、《說文》合。《說文》：「梅，柟也。某，酸果也。」凡梅、杏當作「某」。毛於此無傳，蓋當毛時，字作「某」。後乃借「梅」爲「某」，二木相溷也。《韓詩》作「楳」。《說文》「楳」，亦「梅」字。

迨其謂之。

毛意「謂」，會也。

不我以。

《爾雅》：「不㑲，不來也。」《說文》「㑲」下引《詩》「不㑲不來」。

按：蓋即此句異文。故《爾雅》釋之曰：「不㑲我者，不招來我也。」而《說文》仍之。《廣韻》云：「㑲，不來。」誤。

白茅包之。

按：《釋文》：「苞，逋茆反，裹也。」是陸本不誤。注疏本《釋文》改爲「包，逋茅反」，本上聲而讀平聲矣。其誤始於唐石經。苞、苴，字皆从艸。《曲禮》注云：「苞苴，裹魚肉。或以葦，或以茅。」《木瓜》箋云：「以果實相遺者，必苞苴之。」引《書》「厥苞橘柚」。今《書》作「包」，譌。郭忠恕云：「以草名之苞爲厥包，其順非有如此者。」失之不審。

維絲伊緡。

《説文》：緡，从糸，昏聲。昏，从日，从氐省。氐者，下也。一曰：民聲。

按：「昏」以「氐省」爲正體，曰「民聲」者非也。

我心匪鑒。

「匪」本「匡匪」字，《詩》多借「匪」爲「非」。

威儀棣棣。

《説文》「𧯷」下引《詩》「威儀秩秩」，即此句異文。猶「平秩東作」之作「平豑」也。

不可選也。

傳：「物有其容，不可數也。」《車攻》序：「因田獵而選車徒。」傳「選徒囂囂」：「囂囂，聲也。維數車徒者爲有聲也。」

按：「選」皆「算」字之假借。《漢書》引《詩》「威儀棣棣，不可算也」。《說文》：「算，數也。」鄭注《論語》「何足算也」云：「算，數也。」算、選同部音近。又《夏官・司馬》「群吏撰車徒」注：「撰，讀曰算。算車徒，謂數擇之也。」「撰」亦「算」之假借。《詩》箋不云「選讀曰算」者，義具毛傳矣。

仲氏任只。

傳：「任，大也。」正義曰：「《釋詁》文。」

按：《爾雅》：「壬，大也。」不作「任」。知毛作「壬」。箋易傳爲「睦婣任恤」之「任」。

願言則嚏。

傳：「疐，劫也。」疏引王肅云：「疐劫不行。」

按：毛本同《豳風・狼跋》作「疐」，箋作「嚏」，《說文》、石經並同。《廣韻》十二霽：「嚏，鼻气也。」《玉篇》口部：「嚏，噴鼻也。《詩》曰『願言則嚏』。」鼻部：「𪖐、䶑，二同。都計切，鼻噴气。本作嚏。」「嚏」字从口者，口鼻气同出也，《說文》「嚏，悟解气也」引此《詩》。《釋文》載崔說與《說文》合，而非毛、鄭意。攷《月令》「民多鼽嚏」，鼽謂病寒鼻塞。《內則》：「不敢噦噫、嚏咳、欠伸、跛倚。」嚏，鼻气也。欠，張口气悟也。若以「嚏」爲「欠欯」，是《內則》「嚏」「欠」複矣。《說文》「悟解气」之說未當。

雝雝鳴鴈。

《說文》：「雁，鳥也。鴈，鵝也。」是「鴻雁」當作「雁」，「鴈鶩」當作「鴈」。

迨冰未泮。

古「泮」與「判」義通。《説文》無「泮」字。《玉篇》：「泮，散也，破也。亦泮宫。」俗本字書又載「泮」字。

不我能慉。

《説文》引《詩》：「能不我慉。」

按：「能」之言「而」也、「乃」也。《詩》「能不我慉」「能不我知」「能不我甲」皆同。〔一〕今作「不我能慉」，誤也。鄭注《周易》「宜建侯而不寧」，「而」讀爲「能」。此《詩》與《芄蘭》「能」讀爲「而」。古「能」「而」音近，同在第一部。傳「慉，興也」與《説文》「慉，起也」正合。今本「興」作「養」，誤。鏞堂案：《釋文》云：「慉，毛『興也』，王肅『養也。』」是今本作「養」，從王肅也。

昔育恐育鞫。

顧亭林曰：唐石經凡《詩》中「鞫」字，自《采芑》《節南山》《蓼莪》之外並作「鞫」。今但《公劉》《瞻卬》二詩從之，餘多俗作「鞠」。

按：鞠，从革，匊聲，蹋鞠也。或作「籟」。籟，窮治罪人也。从㚔从人从言，竹聲。或作「簐」。今俗作「鞫」。《毛詩》傳或云「窮也」，《谷風》《南山》。或云「究也」，《公劉》。或云「盈也」，《節南山》。或云「告也」。《采芑》。「告」爲假借，「窮」「究」「盈」皆本義，其字皆當作「鞫」。《蓼莪》傳云「養也」，亦當作「鞫」。

〔一〕「能不我甲」，原作「我不我甲」，據拜經堂刻本校改。

「鞫」爲「窮」，亦爲「養」，相反而成。猶「治亂」曰「亂」也。

亦以御冬。

傳：御，禦也。

按：以「御」爲「禦」，此假借也。

既詒我肄。

傳：肄，勞也。

按：「勩」之假借字也。

胡爲乎泥中。

《泉水》之「禰」，《韓詩》作「坭」，蓋即其地。《廣韻》：「坭，地名。」

左手執籥。

《説文》作「龠」，《玉篇》引《詩》「左手執龠」。

按：今以「龠」爲量器，以書僮竹笘之「籥」爲樂器。

隰有苓。

《爾雅》、毛傳：「苓，大苦。」《説文》「蘦，大苦」，從《爾雅》、毛傳。

毖彼泉水。

《釋文》：《韓詩》作「祕」，《説文》作「毖」。

按：《説文》「毖」字注：「讀若《詩》云『泌彼泉水。』」不作「毖彼泉水。」《説文》「泌，俠流也」爲正字。毛作「毖」，韓作「祕」，皆同部假借字。《衡門》「泌之洋洋」傳：「泌，泉水也。」正義云：「《邶風》曰『毖彼泉水』，故知泌爲泉水。」《魏都賦》「温泉毖涌而自浪」，劉淵林引「毖彼泉水。」善曰：「《説文》曰：『泌，水駛流也。』泌，與毖同。」

不瑕有害。

傳：「瑕，遠也。」箋：「瑕，過也。害，何也。」

按：毛以「瑕」爲「遐」之假借，鄭以「害」爲「曷」之假借。《二子乘舟》篇同。

俟我於城隅。

傳：俟，待也。

按：俟，大。竢，待。此借「俟」爲「竢」。《詩》多用「于」，偶有作「於」者，如此篇及「於我乎夏屋渠渠」是也。

愛而不見。

《説文》：「僾，仿佛也。《詩》曰：『僾而不見。』」又：「薆，蔽不見也。」《爾雅》：「薆，隱也。」《方言》：「揜、翳，薆也。」郭注：「謂隱蔽也。《詩》曰『薆而不見。』」

按：《禮記・祭義》「僾然必有見乎其位」，正義引《詩》「僾而不見。」《離騷》：「衆薆然而蔽之。」

《詩》之「薆而」，猶「薆然」也。

河水瀰瀰。

《說文》：瀰，滿也。从水，爾聲。

盧紹弓曰：《漢·地理志》引《邶》詩「河水洋洋」，師古注：「今《邶》詩無此句。」攷《玉篇》水部：「㳽，亡爾切，亦瀰字。」《集韻》：「瀰，或作㳽。」然則「洋洋」乃「㳽㳽」之譌。《廣雅·釋北》有「㳽」字，今亦譌爲「洋」。

新臺有洒，河水浼浼。

《釋文》：有洒，《韓詩》作「漼」。浼浼，《韓詩》作「浘浘」。

按：此必首章「新臺有泚，河水瀰瀰」之異文。漼、浘字與「泚」「瀰」同部，與「洒」「浼」字不同部。又毛傳：「泚，鮮明貌。」《韓詩》：「漼，鮮貌。」毛傳：「瀰瀰，盛貌。」《韓詩》：「浘浘，盛貌。」是其爲首章異文，陸德明誤屬之二章無疑。

不可襄也。

按：古「襄」「攘」通。《史記·龜策傳》「西襄大宛」，徐廣曰：「襄，一作『攘』。」

其之翟也。

按：此篇「也」字，疑古皆作「兮」。《說文》引「玉之瑱兮」「邦之媛兮」，《著》正義引孫毓故曰「玉之瑱兮」，皆古本之存於今，跋之未盡者也。古《尚書》《周易》無「也」字，《毛詩》《周官》始見，而孔門盛行之。「兮」在第十六部，「也」在第十七部，部異而音近。各書所用「也」字，本「兮」字之假借。此篇「也」字古作「兮」。《遵大路》二「也」字，一本皆作「兮」。《尸鳩》首章「兮」字，《禮記》《淮南》引皆作「也」。鏞堂按：《蝃蝀》「乃如之人也」，《韓詩外傳》一、《列女傳》七皆作「乃如之人兮」。《旄丘》「何其處也」，《韓詩外傳》九作「何其處兮」。〔一〕

美孟弋矣。

《春秋》「定姒」，《穀梁傳》作「定弋」。「弋」即「姒」，同在第一部。《說文》作「㚤」。

作于楚宮。

按：《喪大記》注云：僞，或作「于」，聲之誤也。

靈雨既零。

按：「靈」同「霝」。《說文》：「霝，雨零也。」既零，猶言「既殘」。《說文》：「零，餘雨也。」《廣韻》作「徐雨」，誤。

言采其蝱。

「莔」之假借。《爾雅》《說文》皆云：「莔，貝母也。」

綠竹猗猗。

〔一〕「兮」，原作「也」。今據拜經堂刻本校改。

《大學》引《詩》「菉竹猗猗」。《爾雅》「菉，王芻」，邢疏：「《詩》云『瞻彼淇澳，菉竹猗猗』是也。」又「竹，萹蓄」，邢疏：「孫炎引《詩・衛風》云『菉竹猗猗』。」《説文》：「菉，王芻也。《詩》曰：『菉竹猗猗。』」《後漢書》注引《博物志》：「澳水流入淇水，有菉竹草。」《水經注・淇水篇》：「《詩》云：『瞻彼淇澳，菉竹猗猗。』毛云：『菉，王芻也。竹，編竹也。』漢武帝塞決河，斬淇園之竹木以爲用。寇恂爲河内，伐竹淇川，治矢百餘萬以益軍資。今通望淇川，無復此物，惟王芻編草不異。」

按：《毛詩》作「緑」，字之假借也。《離騷》「薋菉葹以盈室兮」，王逸注引「終朝采菉」。今《毛詩》亦作「終朝采緑」。《魏都賦》：「南瞻淇奥，則緑竹純茂。」言緑與竹同茂也，故以「冬夏異沼」麗句。《上林賦》「揜以緑蕙」，張揖曰：「緑，王芻也。」

毛傳：「竹，萹竹也。」《釋文》：「竹，《韓詩》作『薄』，萹筑也。」石經亦作「薄」。《爾雅》「竹，萹蓄」，《釋文》：「竹，本又作『筑』。」《説文》：「筑，萹筑也。薄，水萹筑也。」《神農本草經》「萹蓄，味苦平」，陶貞白云：「人亦呼爲萹竹。」

按：李善引《韓詩》作「薵」。《玉篇》曰：「薵，同薄。」

有匪君子。

《大學》作「有斐君子」。

按：《攷工記》「匪色似鳴」，亦即「斐」字。

緑竹青青。

按：《淇奧》《苕華》之「青青」，與《杕杜》《菁菁者莪》之「菁菁」同也。《淇奧》傳：「青青，茂盛貌。」《杕杜》傳：「菁菁，葉盛也。」《菁莪》傳：「菁菁，盛貌。」

緑竹如簀。

《韓詩》：緑薵如簀。簀，積也。

按：毛傳亦云：「簀，積也。」「簀」即「積」之假借字。古人以假借爲詁訓多如此。

譚公維私。

《説文》：「鄿，國也，齊桓公之所滅。」無「譚」字。

螓首蛾眉。

《説文》：頱，好皃。从頁，争聲。《詩》所謂「頱首」。

按：頱首，即螓首。毛傳但云「顙廣而方」，不言「螓」爲何物。鄭箋乃云：「螓，蜻蜻也。」知毛作「頱」，鄭作「螓」。「蛾眉」，毛、鄭皆無説。王逸注《離騷》云：「娥眉，好貌。」師古注《漢書》始有形若蠶蛾之説。《離騷》及《招魂》注並云：「娥，一作『蛾』。」今俗本倒易之。「娥」作「蛾」，字之假借，如《漢書·外戚傳》「蛾而大幸」，借「蛾」爲「俄」。宋玉賦「眉聯娟以蛾揚」、揚雄賦「何必颺纍之蛾眉」「虙妃曾不得施其蛾眉」，皆「娥」之假借字。「娥」者，美好輕揚之意。《方言》：「娥，好也，秦晉之閒好而輕者謂之娥。」《大招》「娥眉曼只」、枚乘《七發》「皓齒娥眉」、張衡《思玄賦》「嫮眼娥眉」、陸士衡詩「美目揚玉澤，娥眉象翠翰」，倘從今本作「蛾」，則一句中用「蛾」又用「翠羽」，稍知文義者不肯也。毛傳蓋脱「娥眉好貌」四字。鏞堂按：謂毛傳脱此四字，不敢信。今遽增入傳中，恐非。

朱幩鑣鑣。

《玉篇》引《詩》「朱幩儦儦」。

按：《碩人》《清人》皆當同《載驅》作「儦儦」。此誤作「鑣鑣」者，因傳有「以朱纏鑣」之文也。《説文》引「朱幩儦儦」，俗本亦改作「鑣鑣」。

庶姜孽孽。

《釋文》：「《韓詩》作『钀钀』，長貌。」《呂覽・過理篇》「宋王築爲蘖臺」，高誘注：「蘖，當作『钀』。『蘖』與『钀』其音同。《詩》云：『庶姜钀钀』，高長貌也。」

按：《爾雅》：「蓁蓁、蘖蘖，戴也。」毛傳：「蘖蘖，盛飾也。蓁蓁，至盛也。」《廣韻》：「㰁，頭戴物也。」此謂庶姜姿首美盛，如草木枝葉。《説文》「㰁」「櫱」「不」「枿」同。今《毛詩》《爾雅》作「孽」，誤。

淇水滺滺。

《説文》：「攸，行水也。从攴，从人，水省。」秦刻石《嶧山文》作「汥」。

按：古當作「淇水攸攸」，後人誤改爲「浟」，又誤改爲「滺」，皆未識《説文》「攸」字本義也。王逸《楚詞・九歎》注：「油油，流貌。《詩》曰：『河水油油。』」疑有誤。

容兮遂兮。

箋云：「遂，瑞也。」是以「遂」爲「璲」之假借字。《大東》傳：「璲，瑞也。」

一葦杭之。

《説文》：「斻，方舟也。从方，亢聲。」臣鉉等曰：「今俗别作『航』，非是。」

按：《説文》「杭」同「抗」。

曾不容刀。

《釋文》：「刀，字書作『舠』，《説文》作『𦨴』。」正義曰：「《説文》作『𦨴』。𦨴，小船也。」

按：今《説文》脱「𦨴」字。

伯兮朅兮。

《玉篇》引《詩》「伯兮偈兮」。

按：應從《玉篇》作「偈」。《説文》：「朅，去也。」無「偈」字。

彼黍離離。

《廣韻》：「穲穲，黍稷行列也。」《佩觿》：「彼黍穲穲。劉向《九歎》『覽芷圃之蠡蠡』，王逸注：『蠡蠡，猶歷歷。』」

按：蠡蠡，即「離離」。古「蠡」在十六部，「離」在十七部，異部音近假借也。

不與我戍許。

《説文》作「鄦」，《周許子鐘》作「鄦」，見薛尚功《鐘鼎款識》。

還，予授子之粲兮。

傳：「粲，餐。」此假借也。粲、餐同部。

火烈具舉。

傳：烈，列。具，俱也。

按：言「烈」爲「列」之假借，「具」爲「俱」之假借也。鏞堂按：張平子《東京賦》「火列具舉」，是三家《詩》「烈」作「列」。

抑釋掤忌。

左氏《傳》「釋甲執冰」，字之假借也。

抑鬯弓忌。

《秦風》作「韔」，爲正字。

二矛重喬。

《釋文》：「喬，毛音橋，鄭居橋反，雉名。《韓詩》作『鷮』。」

按：《車舝》及《爾雅》有「鷮」字。《說文》「雉」下作「喬雉」，鳥部有「鷮」字。

河上乎逍遥。

《釋文》：「逍，本又作『消』。遥，本又作『摇』。」《五經文字序》：「《說文》有不備者，求之《字林》。

若『桃禰』『逍遥』之類，《説文》漏畧，今得之於《字林》。」臣鉉等曰：「《詩》只用『消摇』，此二字《字林》所加。」《爾雅》「徒歌曰謡」，孫炎曰：「聲消摇也。」《漢書・司馬相如傳》「消摇乎襄羊」、《莊子・消摇遊》、張衡《思玄賦》「與仁義乎消摇」。

彼其之子。

左氏襄二十七年《傳》引《詩》：「彼己之子，邦之司直。」《史記・匈奴傳》「彼己將帥」，裴駰引《詩》云「彼己之子」，索隱云：「彼己者，猶詩人譏詞云『彼己之子』是也。」

按：左氏《傳》云：「終不曰公，曰『夫己氏』。」《公羊傳》云：「夫己多乎道。」夫己，猶『彼己』也。」彼己，或作「彼記」，或作「彼其」。束皙《補亡詩》「彼居之子」，「居」讀如《檀弓》「何居」，與「彼其」「彼己」同也。善曰「居未仕」，誤。

舍命不渝。

《管子》：「澤命不渝。」「澤」即「釋」，「釋」即「舍」也。

摻執子之袪兮。

傳：「摻，攬也。」以音近之字爲訓。

雜佩以贈之。

戴先生云：「當作『貽』。」

按：古人「徵召」爲「宫徵」，「得來」爲「登來」，「仍孫」爲「耳孫」。《詩》訓爲「承也」，皆之、咍、職、德韻，與蒸、登韻相通之理。此「來」「贈」爲韻，古合韻之一也，不當改爲「貽」。

顔如舜華。

《説文》：䑞，艸也。蕣，木堇，朝華莫落者。从艸，䑞聲。《詩》曰：「顔如蕣華。」

按：䑞、舜，蕣、蕣，古今字。《詩》當作「蕣」，轉寫脱「艹」耳。高誘注《吕氏春秋·仲夏紀》引《詩》「顔如蕣華」。

山有扶蘇。

《説文》：「枎疏，四布也。」郭忠恕《佩觿》：「山有枎蘇，與『扶持』別。」

山有橋松。

蓋「喬」假借字。

褰裳涉溱。

《説文》：「潧水，出鄭國。从水，曾聲。《詩》曰：『潧與洧。』溱水出桂陽臨武，入洭。从水，秦聲。」《廣韻》：「潧水南入洧。《詩》作『溱洧』，誤也。」

按：「秦」聲在今真、臻韻，「曾」聲在今蒸、登韻。此詩一章「溱」與「人」韻，二章「洧」與「士」韻。出鄭國之水本作「溱」，《外傳》《孟子》皆作「溱洧」。《説文》及《水經注》作「潧」，誤也。《史記·南越尉陀列傳》「湟谿」，索隱曰：「鄒氏、劉氏本『湟』並作『涅』，音牛結反。《漢書》作『湟谿』，音皇。又《衛青傳》云：『出桂陽，下湟水』，而姚察云《史記》作『滙』。今本有『湟』『涅』及『匯』不同，蓋由隨見輒改故也。」《南越尉陀列傳》又云「下匯水」，徐廣曰：「一作『湟』。」裴駰曰：「或作『淮』字。」索隱曰：「劉氏云：『匯』當作『湟』。《漢書》云『下湟水』也。」《説文》：「洭水出桂陽縣盧聚，至洭浦關爲桂水。」

按：洭水，《史記》《漢書》作「湟水」。「匯」者「洭」之譌，「涅」者「湟」之譌，「淮」者「匯」之譌。洭，又或譌爲「淮」。附此以見古書之易譌。

風雨潚潚。

《説文》：「潚，水清深也。」《水經注·湘水》篇：「二妃從征，溺於湘江。神遊洞庭之淵，出入潚湘之浦。」用《山海經》語。又釋「潚」字云：「潚者，水清深也。」用《説文》語。今俗以「潚」「湘」爲二水名，且「潚」誤爲「瀟」矣。《羽獵賦》「風廉雲師吸嚊潚率」、《西京賦》「飛罕潚箾流鏑擂㩳」，皆形容焱忽之貌，與毛傳「潚潚暴疾也」意正合。《思玄賦》「迅猋潚其媵我」，舊注：「潚，疾貌。」李善引《字林》：「潚，深清也。」攷《廣韻》一屋二蕭皆有「潚」無「瀟」。《詩》「風雨潚潚」，是淒清之意。入聲音肅，平聲音修，在第三部。轉入第二部音「宵」，俗本誤爲「瀟」。玉裁見明刻舊本《毛詩》作「潚」。

在城闕兮。

《説文》：𩫖，缺也。古者，城闕其南方謂之𩫖。

人實迋女。

傳：「迋，誑也。」言「迋」爲「誑」之假借。

聊樂我員。

《釋文》：「員，本亦作『云』。」正義曰：「員、云，古今字，助句辭也。」

按：如《秦誓》之「云來」亦作「員來」。

零露漙兮。

正義曰：「靈」作「零」字，故爲「落」也。

按：此則經本作「靈露」，箋作「靈，落也」，假「靈」爲「零」字。依《説文》，則是假「靈」爲「霝」。

並驅從兩肩兮。

《説文》引「並驅從兩豣兮」，《豳風》作「豣」，石鼓文作「⿰豸肩」。

取妻如之何。

《釋文》：「取，七喻反。」《衆經音義》曰：「娶，七句切，取也。《詩》云：『娶妻如之何。』傳曰：『娶，取婦也。』」玄應所據《毛詩》與陸異，或是《韓詩》。

其人美且鬈。

箋云：鬈，讀當爲「⿰扌雚」。⿰扌雚，勇壯也。

按：今本作「權」，誤。《説文》：「捲，气勢。」引《國語》「有捲勇」。今《齊語》「子之鄉有拳勇」、《小雅》「無拳無勇」，皆作「拳」。《五經文字》「⿰扌雚」字注云：「從手作『⿰扌雚』者，古『拳握』字。」可知鄭箋从手非从木，與「捲勇」「拳勇」字同。今字書佚此字，而僅存於張參之書也。《吴都賦》「覽將帥之⿰扌雚勇」，善曰：「《毛詩》曰『無拳無勇』。拳，與『⿰扌雚』同。」俗刻《文選》譌誤，不可。

其魚唯唯。

《釋文》：「《韓詩》作『遺遺』。」《玉篇》：「潰潰，魚行相隨。」《廣韻》五旨：「潰，魚盛貌。」

齊子發夕。

《韓詩》：發，旦也。

按：從韓，是「發夕」即「旦夕」也。又《方言》：「發，舍車也。東齊海岱之閒謂之發。」郭注：「今通言發寫也。」《詩》「發夕」，蓋猶「發寫」。古「夕」「寫」皆在第五部。

齊子豈弟。

按：鄭以「闓圛」麗「發夕」。但以韻求之，「圛」在五部，「濟」「濔」「弟」同在十五部。「圛」與「濟」「濔」不爲韻。上章「發夕」或從《韓詩》「旦夕」之義，或爲發卸之假借，未嘗非疊字麗句也。

猗嗟名兮。

按：薛綜《西京賦》注：「眳，眉睫之閒。」是「名」可从「目」作「眳」也。

父曰嗟予子。

《隸釋·石經魯詩殘碑》：「父兮父闕一字。曰嗟予子，行役夙夜毋已，尚慎。」

按：「父」下所闕一字，亦必「兮」字，疊上文「父兮」而言也。近有重刻《隸釋》，石經不闕，妄甚。「父曰嗟予子」「母曰嗟予季」「兄曰嗟予弟」，皆五字句。「子」與「已」，止韻。「季」與「寐」，棄韻。「弟」

與「偕」，死韻。「行役夙夜無已」，六字句。

陟彼屺兮。

傳：山無草木曰岵，山有草木曰屺。

按：《爾雅》《説文》皆誤，與毛傳相反。岵之言瓠落也。屺之言荄滋也。岵有陽道，故以言父，「無父何怙也」。屺有陰道，故以言母，「無母何恃也」。

坎坎伐輪兮。

石經《魯詩殘碑》：「欿欿伐輪兮。」

按：此則首章、二章皆同。《廣雅》：「欿欿，聲也。」

山有櫙。

《釋文》：「櫙，本或作『蓲』，烏侯反。」《爾雅》「櫙，荎。」《釋文》：「櫙，烏侯反，本或作『蓲』。」《地理志》「山櫙」，師古曰：「櫙，音甌。」《聲韻攷》曰：「《詩・山有樞》，字本作『櫙』，烏侯反，刺榆之名。或不加反，音讀如『户樞』之樞，則失之矣。」

按：《魯詩》作「蓲」，《毛詩》作「櫙」，亦作「蓲」，相承讀烏侯反。唐石經譌爲「户樞」字，而俗本因之。

弗洒弗埽。

《説文》：灑，汛也。汛，灑也。洒，滌也。古文以爲「灑埽」字。

按：《毛詩》及《論語》皆作「洒」，《曲禮》「於大夫曰備埽灑」，則作「灑」。蓋漢人用「灑掃」字，經典相承，借用「洒滌」字。毛傳及韋昭注《國語》皆云：「洒，灑也。」言假「洒」爲「灑」也。

我聞有命，不敢以告人。

《荀子·臣道篇》：時窮，居於暴國，而無所避之，則崇其美，隱其敗，言其所長，不稱其所短，以爲成俗。《詩》曰：「國有大命，不可以告人，妨其躬身。」

按：所引即此詩異文。前二章皆六句，此章四句，殊太短。左氏定十年《傳》言「臣之業在《揚水》卒章之四言」者，恐漢初相傳有脱誤。禮堂按：《左傳》定十年杜注云：「卒章四言曰『我聞有命』」，是杜以一字爲一言也。

見此粲者。

《廣韻》「㛑」字注曰：《詩》傳云：「三女爲㛑。」又美好貌。《詩》本亦作「粲」，《説文》又作「㛑」。

噬肯適我。

傳：「噬，逮也。」《方言》同。

按：《爾雅》作「遾，逮也」，爲正字。《韓詩》作「逝」。

采苓采苓。

按：苓，大苦也。枚乘《七發》：「蔓草芳苓。」揚雄《反離騷》：「愍吾纍之衆芬兮，颺燁燁之芳苓。遭季夏之凝霜兮，慶夭顇而喪榮。」曹植《七啓》：「搴芳苓之巢龜。」皆借「苓」爲「蓮」。蓋漢人讀「蓮」如「鄰」，故假借「苓」字。《史記・龜策傳》「龜千歲乃遊蓮葉之上」，徐廣曰：「蓮，一作『領』。」聲相近假借，是又借「領」爲「蓮」也。顏師古注《漢書・揚雄傳》，但云「苓，香草名」，不知爲蓮之假借字。李善注《文選・七發》，直臆斷曰：「古『蓮』字。」於《七啓》又曰：「與『蓮』同。」皆不指爲假借。以致朱彝尊引李注證《唐風》「苓」即「蓮」，由六書之旨不明也。漢時假借甚寬，如借「苓」「領」爲「蓮」，可證。

駟驖孔阜。

《石鼓文》：我馬既駘。

厹矛鋈錞。

《禮記》：進矛戟者，前其鐓。

按：《説文》：「鍪，下垂也。錞，矛戟柲下銅鐏也。《詩》曰：『厹矛沃錞。』」是其字以《秦風》爲正也。

蒙伐有苑。

箋云：「蒙，厖也。」《説文》：「瞂，盾也。从盾，犮聲。」《玉篇》：「瞂，盾也。《詩》曰：『蒙瞂有苑』。本亦作『伐』。」瞂，同瞂。《史記・蘇秦列傳》「吷芮」，索隱曰：「吷，同瞂，謂楯也。芮，謂繫楯之紛綬也。」

按：厖，同「尨」。

溯洄從之。

《説文》「㴑」，或作「遡」。《爾雅》作「泝」，即「㴑」之俗。

有條有梅。

《爾雅》：「柚，條。」毛傳：「條，稻也。」與《爾雅》異。

顔如渥丹。

《釋文》：丹，《韓詩》作「沰」。

按：渥沰，即《邶風》之「沃赭」也。古「者」聲、「石」聲同在第五部。

百夫之防。

傳：防，比也。

按：蓋同「方」。

隰有六駮。

《説文》「駮」「駁」異字。此傳云「倨牙，食虎豹之獸」，是「駮」字也。《東山》傳云「駵白駁」，是「駁」字也。陸璣云「梓榆樹皮如駁馬」，則此宜作「駁」。陸意「六駁」與「苞櫟」爲類。

按：《鵲巢》「旨苕」「甓」「旨鷊」之等，不必「駮」與「櫟」不爲類也。

於我乎夏屋渠渠。

《魯靈光殿賦》注引崔駰《七依》：「夏屋蘧蘧。」

歌以誶止。

《爾雅》：「誶，告也。」《釋文》：「誶，沈音粹，郭音碎。」《說文》：「誶，讓也。从言，卒聲。」《國語》曰：「誶申音。」〔一〕《廣韻》六至「誶」下引《詩》：「歌以誶止。」

按：「誶」「訊」義別。「誶」多譌作「訊」。如《爾雅》「誶，告也」，《釋文》云：「本作『訊』，音信。」《說文》引《國語》作「誶」，今《國語》作「訊」。《詩》「歌以誶止」「誶予不顧」，傳：「誶，告也。」「莫肯用誶」，箋：「誶，告也。」正用《釋詁》文。而《釋文》誤作「訊」，以「音信」爲正。賴王逸《離騷》注及《廣韻》所引，可正其誤耳。《廣韻》引「歌以誶止」，今本「止」譌「之」。《列女傳》作「歌以訊止」。「訊」字雖誤，「止」字尚未誤。

心焉惕惕。

《說文》：或作「悐」。

按：《屈賦·九章》云：「悼來者之悐悐。」

勞心慘兮。

毛晃曰：《詩·小雅·白華》「念子懆懆」，陸音七倒反，又引《說文》七感反，云：「亦作『慘』。」

〔一〕「音」，疑當作「胥」。參見《國語·吴語》。

《北山》「或慘慘劬勞」，陸音七感反，字亦作「懆」。蓋俗書「懆」與「慘」更互譌舛，陸氏不加辨正而互音之，非也。《白華》「懆」，當作「草」「慥」二音，不當音七感反。字作「慘」亦非。《北山》「慘」當作七感反，字不當作「懆」。又《陳風・月出》「勞心慘兮」亦誤，當作「懆」。

有蒲與蕑。

按：鄭箋欲改「蕑」爲「蓮」，説《詩》稍泥，意在三章一律，蓮與荷、菡萏皆屬夫渠，詩人不必然也。《權輿》詩亦欲以後章律前章，釋「夏屋」爲「食具」，不知首句追念始居夏屋，次句言「今每食無餘」。次章承「每食」二字，又將今昔比較，三「每食」字蜎蟬緂綜，最見文章之妙。《載驅》欲改「豈弟」爲「圛」，與「發夕」麗句。然而以韻求之，非矣。《盧令》二章改「鬈」爲「拳勇」字，亦非。

蜉蝣掘閲。

按：古「閲」「穴」通。宋玉《風賦》：「枳句來巢，空穴來風。」「枳句」「空穴」，皆重疊字。枳句，即《説文》之「積椒」，木曲枝也。鄭注《明堂位》云：「椇之言枳椇也，謂曲橈之也。」枳椇，即「積椒」。陸璣云：「椇曲來巢也。」空穴，即孔穴。善注引《莊子》「空閲來風」，司馬彪云「門户孔空風」，善從之。掘閲，當從《説文》作「堀閲」，言蜉蝣出穴也。《老子》：「塞其兑，閉其門。」兑，即「閲」之省，假借字也。

三百赤芾。

按：《説文》：「市，韠也。天子朱市，諸侯赤市。」篆文作「韍」。「韠，韍也，所以蔽前。从韋，畢聲。」鄭注《禮記》：「韠、韍，皆言蔽也。」或借「黻」字爲之，如《論語》「致美乎黻冕」是也。或借「芾」字爲之，如《詩・候人》《斯干》《采叔》皆作「芾」是也。或借「沛」字爲之，如《易》「豐其沛」，一作「芾」，鄭康成云「蔽厀」是也。或借「茀」字爲之，如李善引《毛詩》「赤茀在股」「朱茀斯皇」，又「三百赤芾」，《釋文》一作「茀」，《廣韻》「茀」同「芾」是也。或借「紱」字爲之，如《乾鑿度》「朱紱方來困於赤紱」是也。紱，綬也。李善引《蒼頡篇》。黻，黑與青相次文也。芾，小也。《爾雅》、毛傳同。茀，道多草不可行也。沛，水也。各有本義。而《方言》「蔽膝謂之袚」，《説文》「袚，蠻夷衣，一曰蔽厀」，《方言》「蔽厀，江淮之閒謂之褘」，《説文》：「褘，蔽厀。」是「袚」字、「褘」字，又「蔽厀」之異名。

鳲鳩在桑。

《釋文》：本亦作「尸」。

按：《方言》：尸鳩，東齊海岱之閒謂之戴南。南，猶鵀也。

冽彼下泉。

傳：「冽，寒也。」《大東》傳：「冽，寒意也。」唐石經誤作「洌」，《詩本音》從之。攷《易》「井洌」，字从「水」，列聲，清也。《詩》「冽彼下泉」「有冽氿泉」，字从「仌」，列聲，寒也。《東京賦》「玄泉洌清」，薛注：「洌，澄清貌。」善注引「洌彼下泉」，誤。

二之日栗烈。

《下泉》正義：「《七月》云『二之日栗冽』，字从冰，是遇寒之意。」《文選・長笛賦》「正瀏凓以風冽」注：「毛傳：凓，寒也。」今本誤「漂」。《風賦》「憯悽惏慄」注：「《毛詩》傳：慄冽，寒氣也。」《古詩十九首》注：「《毛詩》曰：『二之日栗洌。』毛萇曰：『栗洌，寒氣也。』」《説文》：「凓，寒也。」《玉篇》：「凓冽，寒皃。冽，寒气也。」《廣韻》十七薛：「冽，寒也。」五質：「凓冽，寒風。」

按：《五經文字》仌部有「凓」字，知《七月》作「凓」也。今《説文》無「冽」字，「有冽氿泉」，正義引《説文》：「冽，寒貌。」《高唐賦注》引《字林》：「冽，寒風也。」《嘯賦》注引《字林》：「冽，寒貌。」是唐時《説文》《字林》均有「冽」字，今《説文》「冽」譌爲「瀨」。《釋文》云：「栗烈，《説文》作『颲颲』。」攷風部不引此詩。按：「滭冹」「凓冽」皆疊韻字，以《説文》爲正。「滭」「凓」字在第十二部。「冹」「冽」字在第十五部。如「氤氳」「壺鬱」之類。「觱發」「栗烈」，皆音之譌。《小雅》「觱沸檻泉」司馬相如賦作「滭沸」，一作「滭浡」。𩰲，古文「誖」字，在十五部。《説文》火部：「熚𤏲，火貌。」上字十二部，下字十五部，正與「滭冹」「滭沸」同。觱，从角，𩰲聲，當爲「冹沸」字之假借，不爲「滭」「滭」字之假借。且其字不古雅，當從《説文》所引作「滭冹」爲正。

三之日于耜。

《説文》：枱，耒耑也。或作「鈶」，籀文作「辝」。

八月萑葦。

《説文》：「萑，从艸，雈聲。」《五經文字》：「萑，从艸下雈。」今經典或相承隸省，省「艸」作「萑」。

按：萑，从艸，雈聲。下从「雈雀」之「雈」。唐石經誤作「雚」，而後改正之。今《七月》《小弁》「萑」字皆模糊也。

六月食鬱及薁。

《上林賦》「隱夫薁棣」，張揖曰：「薁，山李也。」《閒居賦》「梅杏郁棣」，善曰：「郁，今之郁李。」「郁」與「薁」音義同。《説文》：「藿，艸也。《詩》曰『食鬱及藿』。」

按：掌禹錫等《本草》、嘉祐蘇頌《本草圖經》皆引「食鬱及藿」爲《韓詩》，訓以《爾雅》「藿，山韭」。

采荼薪樗。

傳：「樗，惡木也。」《玉篇》誤作「樗，惡木」，《廣韻》同。《爾雅》：「栲，山樗。」《説文》：「栩，山樗。」今《説文》誤作「山樗。」

黍稷重穋。

按：《説文》「種」爲種稑，「穜」爲穜植。《字林》同，見《五經文字》。《詩》作「重穋」，《周官》經作「種稑」。《説文》「稑」或作「穋」。

上入執宮公。

今本「公」作「功」，誤也。《采蘩》箋云：「公，事也。」《天保》《靈臺》傳云：「公，事也。」此箋云：「治宮中之事。」正義云：「經當云『執宮公』。定本『執宮功』，不爲『公』字。」

按：今襲唐定本之誤。《六月》傳云：「公，功也。」今俗人用「膚功」，亦非。

零雨其濛。

《說文》：「霝，雨零也。从雨，㗊象形。《詩》曰：『霝雨其濛。』」《石鼓文》：「遊來自東，霝雨奔流。」

果蠃之實。

《說文》：苦蔞，果蓏也。

蠨蛸在户。

《釋文》：「蠨，音蕭。《說文》作『蟰』，音夙。」《爾雅》：「蠨蛸，長踦」。《釋文》：「蠨，《詩》作『蟰』。」《說文》：「蟰蛸，長股者。」《廣韻》：「蟰蛸，蟲，一名長蚑。出崔豹《古今注》。」

按：「蟰」正「蠨」譌，「風雨之潚」誤爲「瀟」可證。《一切經音義》引作「蟰蛸在户」，云：「上音肅，下音蕭。」此古字古音也，勝於《釋文》遠矣。

町畽鹿場。

《說文》引作「疃」。

按：古「重」「童」通用。《廣韻》「疃」亦作「畽」，亦作「暖」。王逸《九思》「鹿蹊兮𨇦𨇦」，亦作「躖」，音吐管切，即「疃」字也。《說文》：「𨇦，踐處也。」《集韻》作「躖」。

烝在栗薪。

箋云：栗，析也。古者聲「栗」「裂」同也。

按：「栗」在十二部，「裂」在十五部，異部而相通近也。《韓詩》作「烝在蓼薪」，《廣韻》「蓼」同「蓼蕭」「蓼莪」之「蓼」。傳云：「敦，猶專專。烝，衆也。言我心苦，事又苦也。」毛意此二句於六詩爲比，內而心苦，外而事苦，正如衆苦瓜之繫於栗薪。合之《韓詩》，亦無「析薪」之意。鄭箋以「瓜苦」爲比，「析薪」爲賦，失毛意而非詩意矣。軍士在師中至苦而不見其室者三年。故光武之册陰后，亦曰「自我不見，于今三年」矣。

狼跋其胡。

李善《西征賦》注：「《文字集畧》曰：『狼狽，猶狼跋也。』《孔叢子》曰：『吾於《狼狽》見聖人之志。』」

按：《孔叢子》「狼狽」，謂《狼跋》之詩也。「狽」即「跋」字，跋、䟺古通用。《説文》：「跋，蹎也。」「䟺，步行獵跋也。」無「狽」字，「狽」即「䟺」之譌，因「狼」从犬而「䟺」誤从犬。猶「榛榛」「狉狉」，俗因「狉」从犬，而「榛」亦誤从犬作「獉」也。《蕩》詩「顛沛」，即「蹎跋」之假借。傳：「顛，仆也。沛，跋也。」今譌「拔」。沛、跋、䟺同在第十五部。今沛、䟺讀去聲，古與跋同入聲，是以通用假借。自去、入岐分，罕知「顛沛」即「蹎跋」之假借，且罕知「狽」即「䟺」之譌，「䟺」即「跋」之通用字矣。

皇清經解卷六百三十終　漢軍生員樊封校

詩經小學　卷二

金壇段大令玉裁著

小雅

周道倭遲。

《漢書·地理志》：周道郁夷。

按：《尚書》「宅嵎夷」，《五帝本紀》作「居郁夷」。

翩翩者鵻。

《爾雅》釋文：佳，如字。旁或加「鳥」，非也。

按：《釋文》誤也。《説文》：「鵻，祝鳩也。从鳥，隹聲。」「祝鳩」即《爾雅》「鵻」。其「鳺鴀」之鳥，亦名「鵻鳩」。

鄂不韡韡。

傳：鄂，猶鄂鄂然。

按：「鄂」字从卩，咢聲。今《詩》作从邑地名之『鄂』者，誤也。馬融《長笛賦》「不占成節鄂」，李善注：「鄂，直也。從邑者乃地名，非此所施。」又引《字林》：「鄂，直言也。謂節操蹇鄂而不怯懦也。」从卩咢聲之字，與从邑咢聲迥別。《坊記》注：「子於父母尚和順，不用鄂鄂。」《郊特牲》注：「幾謂漆飾沂鄂也。」《典瑞》注：「鄭司農云：瑑有圻鄂瑑起。」《輈人》注：「鄭司農云：環灂，謂漆沂鄂如環也。」《哀公問》疏：「幾謂沂鄂也。」「沂鄂」字皆从卩，不从邑。張平子《西京賦》作「垠鍔」，韻書作「圻堮」，《國語》「穽鄂」亦从卩。「圻鄂」「柞鄂」，皆取廉隅節制意。今字書遺「鄂」字。《説文》無「萼」字，「韡」下引「萼不韡韡」，「鄂」之誤也。郭注《山海經》云：「一曰：柎，華下鄂。」漢晉時無「萼」字，故景純亦作「鄂」。

外禦其務。

《春秋》內、外傳引《詩》「外禦其侮」。《爾雅》：「務，侮也。」

按：言「務」爲「侮」字之假借。

飲酒之饇。

《韓詩》：「飲酒之醧。」《廣韻》十虞：「醧，能者飲，不能者止也。」

按：《説文》：「醧，私宴歆也。」正與毛傳「饇，私也」合。

矧伊人矣。

《説文》：矤，从矢，引省聲。

坎坎鼓我。

《説文》引《詩》「竷竷舞我」，乃記憶之誤。

俾爾單厚。

傳：單，信也。或曰：單，厚也。

按：《釋詁》：「亶，信也。」是毛以「單」爲「亶」之假借也。又「逢天僤怒」傳：「僤，厚也。」正義：「《釋詁》云：『亶，厚也。』某氏曰：『《詩》云：俾爾亶厚。』」

禴祀烝嘗。

《説文》作「礿」。《禮・王制》「春曰礿」，鄭注引《詩》「礿祀烝嘗」。

神之弔矣。

《説文》：𨑩，至也。

象弭魚服。

《説文》：箙，弩矢箙也。从竹，服聲。《周禮》：「仲秋獻矢箙。」

按：《周語》：「檿弧箕服。」鄭注《周禮》，引「檿弧箕箙」。

檀車幝幝。

《釋文》：幝幝，《韓詩》作「⿰糹羨⿰糹羨」。

鱨鯊。

按：《説文》：「䋎，偏緩。」《説文》：「魦，魚名，出樂浪潘國。从魚，沙省聲。」《爾雅》：「鯊，鮀」。《釋文》：「本又作『魦』。」

且多。

按：且，此也。箋云：「酒美而此魚又多也。」

一朝右之。

傳「右，勸也」，與《楚茨》傳「侑，勸也」同。是以「右」爲「侑」也。《説文》：「姷，耦也。或作『侑』。」《釋詁》：「酬、酢、侑，報也。」

我是用急。

《鹽鐵論》引《詩》「我是用戒」，顧寧人云當從之。戴先生曰：「戒，猶備也。治軍事爲備禦曰戒，譌作『急』，義似劣。於韻亦不合。」

按：謝靈運《撰征賦》「宣王用棘於獫狁」，是六朝時《詩》本有作「我是用棘」者。《釋言》：「悈、褊，急也。」《釋文》：「悈，本或作『悈』。今本作「極」，譌。又作『亟』。」《詩》「匪棘其欲」箋：「棘，急也。」正義曰：「棘，急。《釋言》文。《禮器》引《詩》『匪革其猶』。」注：「革，急也。」正義曰：「革，急。《釋言》文。」《素冠》傳：「棘，急也。」正義曰：「棘，急。《釋言》文。彼『棘』作『悈』，今本作「戒」，譌。音義同。」然則悈、㥛、亟、棘、革、戒六字同音義，皆急也。此詩作「棘」作「戒」皆協，今作「急」者，後人用其義改其字耳。

于三十里。

三十，唐石經作「卅」，「三十維物」「終三十里」皆同。

按：「二十」並爲「廿」，讀如「入」，「三十」並爲「卅」，讀如「趿」，即反語之始也。《秦琅邪刻石文》「維廿六年」、《梁父刻石文》「廿有六年」、《之罘》《東觀》皆云「維廿九年」、《會稽》云「卅有七年」，皆四字爲句。唐石經《詩》「三十」作「卅」，是三字爲句，不可從也。《廣韻》云：「廿，今直以爲『二十』字。卅，今直以爲『三十字』。」蓋唐人仍讀爲「二十」「三十」，不讀「入」、讀「趿」耳。

織文鳥章。

毛無傳，蓋讀與《禹貢》「厥匪織文」同。鳥章、帛茷，皆織帛爲之。鄭箋易爲「徽識」，則當作「識文」。今本皆作「織文」者，誤。識，徽識也。識、幟，古今字。許君《說文》、鄭君《周官》注皆作「徽識」。後人別製「幟」字。貞觀時僧玄應《一切經音義》曰：「『幟』字舊音與『知識』之『識』同，更無別音。」

白旆央央。

《出其東門》正義曰：「傳言『荼英』。荼者，《六月》云『白旆英英』，是白貌。茅之秀者，其穗色白。」《公羊》宣十二年注：「繼旐如燕尾曰旆。」疏曰：「繼旐曰旆。孫氏云：帛續旐末亦長尋。《詩》云『帛旆英英』是也。」

按：從孫炎注作「帛旆」爲善。此正義云：「以帛爲行旆，又充旗之帛，皆用絳。言帛旆者，謂絳帛。猶通帛爲旃，亦是絳也。」然則孔氏作正義時，經文原作「帛旆」。而《出其東門》疏引「白旆英英」，明「荼」是白色。《周禮・司常》疏引「白旆央央」，明「旆」不用絳。由疏不出一人之手，唐初本已或誤作「白」也。今當據正義《六月》。及《公羊》疏改定「白旆」爲「帛旆」，其「央央」亦當改「英英」。又按：《釋名》：「白旆，殷旌也。以帛繼旐末也。」其語自相乖違不貫。《明堂位》：「殷之大白，周之大赤。」《周禮》：「建大赤以朝，建大白以即戎。」大白非帛旆也。《釋名》既依《明堂位》云「緌有虞氏之旌也，綏夏后氏之旌也」，其下當云「大白，殷旌也，大赤，周旌也」乃全。又其下當云「旆以帛繼旐末也」，乃與《爾雅・釋天》、《毛詩》傳相合。今《釋名》乃缺誤之本。

如輊如軒。

按：軒輊，即「軒輖」。《既夕禮》鄭注：「輖，蟄也。」作「蟄」。《考工記》「大車之轅摯」，作「摯」。《詩》作「輊」。《説文》有「輦」，無「蟄」「輊」。潘岳《射雉賦》「如轤如軒」，李善引此詩云：「輊，與轤同。」

路車有奭。

《説文》作「奭」，《五經文字》作「奭」。

按：《蜀都賦》善注引毛萇《詩》傳「赩，赤貌也」，是其字一本作「赩」也。《説文》無「赩」字，《楚辭》「逴龍赩只」。

八鸞瑲瑲。

《有女同車》《終南》《庭燎》皆作「將將」。又《烈祖》「約軝錯衡，八鸞鶬鶬」、《載見》「鞗革有鶬」皆作「鶬」。又《韓奕》「八鸞鏘鏘」、《禮記》「玉鏘鳴也」皆作「鏘」。

鴥彼飛隼。

《説文》同「鴥」。一曰：雗也。

按：「雗也」是「鷮也」之誤。

其飛戾天。

《後漢書》孔融上書薦謝該，曰「尚父鷹揚，方叔翰飛」，注引「鴥彼飛隼，翰飛戾天」，誤也。《詩》本作「其飛」，文舉易字麗句耳。

伐鼓淵淵。

吴才老《詩協韻補音序》曰：《詩》音舊有九家，陸德明定爲一家之學。開元中修《五經文字》，「我心慘慘」爲「懆」，「伐鼓淵淵」爲「鼘」，皆與《釋文》異。乃知德明之學，當時亦未必盡用。

振旅闐闐。

《魏都賦》：「振旅輷輷。」

蠢爾蠻荊。

《韋玄成傳》引「荆蠻來威」。

按：毛云：「荆州之蠻也。」然則《毛詩》固作「荆蠻」，傳寫誤倒之也。《晉語》叔向曰「楚爲荆蠻」，韋注：「荆州之蠻。」正用毛傳爲説。又《齊語》「萊莒徐夷吴越」，韋注：「徐夷，徐州之夷也。」可證「荆蠻」文法。又按《吴都賦》「跨躡蠻荆」，李善注引《詩》「蠢爾荆蠻」，然則唐初詩不誤。左思倒字以與「並」「精」「坰」爲韻。《後漢・李膺傳》應奉疏曰：「緄前討荆蠻，均吉甫之功。」毛刻不誤，汪文盛本譌倒作「蠻荆」。注引「蠻荆來威」者，俗人所改易也。《文選・王仲宣誄》「遠竄荆蠻」，注引《毛詩》「蠢爾荆蠻」亦誤倒。禮堂按：《漢書・陳湯傳》引《詩》「蠻荆來威」，師古曰：「令荆土之蠻亦畏威而來。」是本作「荆蠻」。

嘽嘽焞焞。

《韋玄成傳》引《詩》「嘽嘽推推」。

按：《廣韻》：「輴輴，車盛貌。」疑《漢書》字誤。

我車既攻。

《石鼓文》：「我車既工。」

薄狩于敖。

《後漢・安帝紀》注引《詩》「薄狩于敖」，俗刻今改爲「搏」而「狩」字不改。毛刻作「薄狩」，《册府元龜》王氏《詩攷》引作「薄狩」。《水經注・濟水》篇「濟水又東逕敖山，《詩》所謂『薄狩于敖』者也」，作「薄狩」。《東京賦》「薄狩于敖」，作「薄狩」，薛注引《詩》「薄獸于敖」，「薄」字不誤，「獸」字係妄改。後見惠定字《九經古義》引徐堅《初學記》作「搏狩」，又引何休《公羊》注、高誘《淮南子》注、漢《石門頌》，證「狩」即「獸」字。故箋云：「田獵搏獸也。」若經作「搏獸」，箋不已贅乎？玉裁始曉然於經文本作「薄狩」，鄭訓「狩」爲「搏獸」。《釋文》云「搏獸，音博，舊音傅」，乃爲鄭箋作音義，非釋經也。《初學記》意主對偶，故以「薄狩」「大蒐」爲儷，猶上文「三驅一面」、下文「晉鼓虡旗」皆是也。今本作「搏狩」，乃淺人妄改。《初學記》云「獵亦曰狩，狩獸也」，鄭箋言「田獵搏獸也」，此經作「薄狩」之確證。惠君尚未攷明「薄」字。

赤芾金舄。

傳：舄，達屨也。

按：複下曰「舄」，單下曰「屨」。「達」「沓」字，古通用，是重沓之義爾。不於《狼跋》言之而於此言之者，「金舄」謂金飾其下，其上則赤也。達屨，蓋漢人語如此。孔沖遠不得其旨而强爲之説。

決拾既佽。

傳：「佽，利也。」箋云：「佽，謂手指相次比也。」

按：《説文》亦曰「佽，便利也」，引《詩》「決拾既佽」。鄭注《周官·繕人》引「抉拾既次」。是毛作「佽」，鄭作「次」也。

助我舉柴。

《説文》：「𢪊，積也。《詩》曰：『助我舉𢪊。』搣頰旁也。从手，此聲。」骨部：「鳥獸殘骨曰骴。」

《西京賦》「收禽舉胔」薛注：「胔，死禽獸將腐之名。」

徒御不警。

唐石經誤作「不驚」，今本因之。《文選》陸士衡《挽歌詩》「夙夜警徒御」，注引《毛詩》「徒御不警」，今俗刻作「不驚」。

儦儦俟俟。

《説文》作「伾伾俟俟」，《韓詩》作「駓駓騃騃」。《後漢書》注引《韓詩》作「俟俟」，誤。

鸞聲噦噦。

《説文》引《詩》「鑾聲鉞鉞」。

按：《采菽》「鸞聲嘒嘒」，《泮水》同。《庭燎》「鸞聲噦噦」。

念彼不蹟。

《説文》：「迹，步處也。从辵，亦聲。或作『蹟』，籀文作『速』。」

按：以古韻諧聲求之，「束」「責」在第十六部，「亦」在第五部。「速」「蹟」爲正字。李陽冰云：「李丞相以『束』作『亦』。」「迹」字制於李斯也。

可以爲錯。

按：「錯」爲「厝」之假借字。

靡所底止。

《說文》广部：「底，山居也，下也。从广，氐聲。」厂部：「厎，柔石也。从厂，氐聲。或作『砥』。」

按：物之下爲底，故至而止之爲底。如《尚書》「震澤底定」、《孟子》「瞽瞍底豫」、《詩》「靡所底止」「伊於胡底」皆是也。若「厎」「砥」字同爲「厎」「厲」，《說文》明析可據，而經書傳寫互譌。韻書、字書以「砥」注「礪石也」、「厎」注「致也至也」，皆不察之過。又或臆造《說文》所無之「厎」「底」字，如「靡所底止」《詩本音》從嚴氏《詩緝》作「厎」，謬極。《爾雅》「底止」，《釋文》云：「字宜從厂，或作底，非。」此陸氏誤也。鏞堂按：《爾雅·釋詁》：「底，待也。底，止也。」即《說文》广部字。《詩·祈父》「靡所底止」，毛傳：「底，至也。」《小旻》「伊於胡底」，箋云：「底，至也。」《晉語·四》「戾久將底」，韋注：「底，止也。」《玉篇》《廣韻》皆云：「底，止也，下也。」是《爾雅·釋言》「厎致也」即《說文》厂部字。《書·禹貢》「震澤厎定」，孔傳曰：「致，定。」《夏本紀》作「震澤致定」。《孟子·離婁上》「瞽瞍厎豫」，趙注：「厎，致也。」孫宣公《音義》作「厎，之爾反」。《玉篇》《廣韻》皆云：「厎，致也，平也。」是凡加工致平曰「厎」，故訓「致」訓「平」。與「厎厲」爲一字，與「底止」爲二字。記此俟面質之。

在彼空谷。

按：《毛詩》作「空谷」，非直與《韓詩》異文，直是譌字。《釋詁》：「穹，大也。」毛傳正用其語。今誤爲「空大也」，古無是訓。孔沖遠遷就其說曰：「以谷中容人隱焉，其空必大，故云空大。非訓空爲大。」蓋知「空」之不得訓「大」矣。

君子攸芋。

傳：芋，大也。

按：蓋「訏」之假借也。《周禮・大司徒》「媺宮室」注云：「謂約椓攻堅，風雨攸除，各有攸宇。」

賈疏：「宇，居也。」

如鳥斯革。

張揖《廣雅》兼采四家之《詩》。《釋器》云：「⿰革羽、⿰羽氐，翼也。」此用《韓詩》。韓作「⿰革羽」，與毛作「革」異字而同音同訓。毛時故有「⿰革羽」字，以假借之法訓之，故曰翼也。若訓「革」爲「翼」，理不可通。《廣韻》：「⿰革羽，翅也，古核切。」本《韓詩》也。

載衣之裼。

按：作「裼」，字之假借也。

《説文》引作「褅」。

不騫不崩。

傳：「騫，虧也。」正義曰：「崔氏《集注》『虧』作『曜』。」

按：當從《集注》。後人不解「曜」字，因改之耳。《天保》傳：「不虧言山。」此傳「不曜」，言牛羊也。《攷工記》「大胷燿後」鄭注：「燿，讀爲哨，頎今「頎」字作「頎」，譌。小也。」燿、曜古通用。

憂心如惔。

《説文》：⿱羊火，小爇也。从火，羊聲。《詩》曰：「憂心如⿱羊火。」

按：「羙羊聲」，「羊」讀如「飪」。今作「𤆍于聲」，誤也。「小爇」一作「小熱」，或作「小孰」，皆非也。「憂心如羙」作「憂心𤆍𤆍」，更非。《釋文》、正義於此句皆云「《說文》作『𤆍』」，若依今本，陸、孔未由定爲此句之異文。蓋《毛詩》本作「如羙」，或同《韓詩》作「如炎」。不知何人始加「心」作「惔」。惔，憂也。豈「憂心如憂」乎？又於《說文》「惔」下妄加「《詩》曰『憂心如惔』」六字，而《毛詩》之真沒矣。此傳曰：「羙，燔也。」《瓠葉》傳曰：「加火曰燔。」《說文》：「燔，爇也。羙，小爇也。」爇加火也，與毛傳合。而今《詩》譌「炎」改「惔」。《雲漢》「如炎如焚」，傳：「炎，燎也。」而今本亦譌「惔」矣。

憯莫懲嗟。

當作「朁」。

天子是毗。

《說文》作「𣬈」，人臍也。今作「毗」，通爲「𣬈輔」之「𣬈」。此傳：「毗，厚也。」《采菽》傳：「膍，厚也」。是「𣬈」「膍」又通用也。

不宜空我師。

傳：空，窮也。

按：《七月》傳：「穹，窮也。」《說文》用之。此「空我師」當作「穹我師」爲是。傳譌，抑或假借，未可定也。《毛詩》「空谷」，《韓詩》作「穹谷」。

四牡項領。

傳：項，大也。

按：毛以「項」爲「洪」之假借字。

胡爲虺蜴。

《説文》：「易，蜥易。蝘蜓、守宫也。象形。」在壁曰蝘蜓，在艸曰蜥易。

按：《説文》無「蜴」字。《方言》：「守宫，或謂之蜥易。其在澤中者謂之易蜴、脈蜴。」郭注「蜴」皆音「析」。蓋「蜴」即「蜥」之或體，「易蜴」即「蜥易」之倒文，猶「螽斯」亦曰「斯螽」也。《説文》「虺」下引《詩》「胡爲虺蜥」，今《詩》作「胡爲虺蜴」。「蜴」當讀「析」，「虺蜴」即「虺蜥」也。俗用「蜥蜴」成文爲重複，古人言「蜥易」。《釋文》：「蜴，字又作『蜥』。」

憂心懆懆。

傳：懆懆，猶戚戚也。

按：懆在二部，戚在三部，音近轉注。今本作「慘」，誤。

蔌蔌方穀。

按：「佌佌彼有屋」，富者也，而方受禄於朝。「民今之無禄」，惸獨者也，而又君夭之，在位椓之，故曰「哿矣富人，哀此惸獨」。「佌佌」二句非以「屋」「穀」爲儷也。又《蔡邕傳》「速速方穀，夭夭是加」，「榖」作「轂」、「天」作「夭」，皆是譌字。錢唐張賓鶴云親見蜀石經作「夭夭」，是蜀本誤耳。

日月告凶。

劉向引《詩》「日月鞫凶」。

按：古「告」「鞫」二字同部同音，故假借「鞫」爲「告」。《采芑》傳：「鞫，告也。」言「鞫」爲「告」之假借也。

黽勉從事。

劉向引《詩》「蜜勿從事」。

按：蜜勿，《爾雅》作「蠠没」。古「勿」字亦讀如「没」，「蜜」「蠠」同字。今作「蜜勿」，非也。

悠悠我里。

按：傳：「里，病也。」箋：「里，居也。」《釋文》所引極明。依《爾雅》「𤸎，病也」，郭云「見《詩》」，則《毛詩》本作「𤸎」。後因鄭箋改作「里」，併改傳「病」字爲「居」字。又《爾雅》「悝，憂也」，郭注引「悠悠我悝」，是一人所見本復不同耳。鏞堂按：《十月之交》「悠悠我里」，傳「里，病也」，爲「𤸎」字之假借。《雲漢》「云如何里」，箋云「里，憂也」，爲「悝」字之假借。三家《詩》當有作「𤸎」「悝」者。《毛詩》作「𤸎」，則皆後人所改。鄭箋《十月之交》云「里，居也」作如字讀可證。王肅注《雲漢》云「𤸎，病也」，蓋竊取《十月之交》傳義改經以異鄭。郭注《爾雅》「悝憂也」當引《詩》「云如何悝」。今引作「悠悠我悝」，誤也。

淪胥以鋪。

按：毛傳「淪，率也」，與韓義同而字異。鄭箋「鋪，徧也」，《韓》作「痡，病也」，則義字皆異。「淪」「熏」之爲「率」者，於音求之。

聽言則荅。

《新序》《漢書》皆作「聽言則對」。

按：「對」在十五部，「荅」在七部。古借「荅」爲「對」，異部假借也。《論語》多作「對」，《孟子》多作「荅」。《詩》《書》以「荅」爲「對」，皆屬漢後所改。如「聽言則荅」，《新序》《漢書》作「對」；《尚書》「奉荅天命」，伏生《大傳》作「對」可徵也。

民雖靡膴。

按：鄭箋：「膴，法也。」蓋以爲「模」字假借。

不敢馮河。

《説文》：「淜，無舟渡河也。从水，朋聲。」「馮，馬行疾也。从馬，仌聲。」

按：「馮河」當作「淜河」，字之假借也。《説文》「㐬」下引《易》「用馮河」。

翰飛戾天。

《韓詩》：「翰飛厲天。」

按：厲天，猶俗云「摩天」。

弁彼鸒斯。

《杜欽》傳：《小卞》之作。

按：古無「卞」字，「弁」之隸變也。凡「弁」聲、「反」聲之字多省从「卞」。

歸飛提提。

《說文》：「翄，翼也。或作『𦐊』。」

按：《魏都賦》「𦐊𦐊精衛」，即「提提」也。善曰：「𦐊𦐊，飛貌。」

尚或墐之。

《說文》引《詩》「尚或殣之」。

按：左氏《傳》曰：「道殣。」《毛詩》作「墐」。墐，塗也，字之假借。

亂如此幠。

《釋詁》：「幠，大也。幠，有也。」《方言》：「幠，大也。」《說文》：「幠，覆也。」

按：此傳云：「幠，大也。」字从巾，無聲。幠爲「大」，亦爲「有」，郭注《爾雅》引「遂幠大東」是也。亦爲「覆」，鄭箋「君子攸芋」爲「攸幠」是也。三義實相通。《斯干》正義引「亂如此幠」，郭注《爾雅》引「亂如此幠」。今本作「憮」，誤也。《釋言》「幠，傲也」，亦與大義相近。《投壺》「毋幠，毋敖」、此箋云「幠，敖也」，是鄭亦作「幠」。後人「幠」多誤「憮」，如《方言》「幠，大也」，今作「憮」。《漢書》：「君子之道焉可幠也。」幠，同也，正與「大」義、「覆」義相近。今亦譌作「憮」。攷《爾雅》「憮，撫也」、《說文》「憮，愛也」，字从心，不得與「幠」溷。幠，火吴反。憮，亡甫反。

僭始既涵。

按：傳：「潛，數也。」蓋以爲「譖」字。禮堂按：《一切經音義》五引《詩》「譖始既涵」。

居河之麋。

《蒹葭》：「在水之湄。」

哆兮侈兮。

《爾雅》「誃，離也」，郭注：「誃，見《詩》。」邢疏云：「即侈兮之異文。」

按：當爲「哆兮」之異文。古「哆」「誃」同音也。

緝緝翩翩。

《説文》引《詩》「咠咠幡幡」。

按：「咠咠」，即「緝緝」之異文。「幡幡」二字，當云「翩翩」，而誤舉下章之「幡幡」。猶引《生民》「或春或舀」，而誤云「或簸或舀」也。

驕人好好。

按：《爾雅》：「旭旭、蹻蹻，憍也。」蹻蹻，釋《板》之「小子蹻蹻」也。「旭旭」，《詩》無其文，郭音「呼老反」，是爲《毛詩》「好好」之異文無疑。《匏有苦葉》釋文引《説文》「旭讀若好」，今《説文》作「讀若勖」，蓋後人臆改。

作而作詩。

《釋文》：「作爲此詩」，一本云「作爲作詩」。

按：「爲」字誤，當是一本云「作而作詩」也。正義曰：「當云『作而按舊無此而字。賦詩』，定本云『作爲此詩』。」據此，則孔氏原是「作而作詩」也。正義又曰：「定本箋有『作，起也』『作，爲也』二訓，自與經相乖，非也。」按經文「作而作詩」，「起也」釋第一「作」字，「爲也」釋第二「作」字，故下云「孟子起而爲此詩」。定本既改云「作爲此詩」，而猶存此箋可攷。正義依古本「作而作詩」，乃删「作爲也」三字，誤矣。此句一譌「作爲作詩」，再改「作爲此詩」，一句内字同義異，爲注以別之。如「昔育恐育鞫」，箋云：「『昔育』之『育』，稚也。『育鞫』之『育』，則從毛傳『長也』之訓。」此箋與前正相類。又如「于以采蘩，于沼于沚」傳：「蘩，皤蒿也。于，於也。」分別「于沼」之「于」，不同「于以」之「于」訓「往」。

拊我畜我。

戴先生云：畜，當爲「慉」。《説文》：「慉，起也。」此箋「畜，起也」，明是易「畜」爲「慉」。

杼軸其空。

《釋文》：「柚，本又作『軸』。」

按：機軸似車軸，故同名。柚是「橘柚」字，因「杼」字从木，而改「軸」亦从木，非也。鏞堂按：《太玄·捝》云：「棘木爲杼，削木爲軸，杼軸既施，民得以燠。」可證「杼軸」之「軸」本不从「木」。《太平御覽》四百八十四，又八百二十五俱引《詩》「杼軸其空」，是唐以前本皆从車。

有冽氿泉。

《爾雅》：「氿泉穴出。穴出，仄出也。」《說文》：「厬，仄出泉也。从厂，晷聲。」

按：《爾雅》以「仄出泉」爲「氿」，《說文》以「水厓枯土」爲「氿」。《爾雅》以「水醮」爲「厬」，《說文》以「仄出泉」爲「厬」。是「氿」「厬」二字，《爾雅》與《說文》互易其訓也。

薪是穫薪。

箋云：「穫，落木名。」《釋文》依鄭，則宜作「木」傍。

按：穫，木名，同「檴」，見《說文》。

不可以服箱。

李善《思玄賦》注引《詩》「睆彼牽牛，不可以服箱」，與下文「不可以簸揚」「不可以挹酒漿」句法一例。箋云：「以，用也。不可用於牝服之箱。」爲下文二「不可以」舉例也。各本脱「可」字。

西有長庚。

傳：庚，續也。

按：《書·益稷》正義：「《詩》曰『西有長賡』，毛傳以『賡』爲『續』。」「賡」「庚」同音。而《說文》云：「賡，古文續。」以爲即「續」字，未詳。

六月徂暑。

傳：「徂，往也。」箋云：「徂，始也。」

按：鄭蓋易爲「祖」字。《爾雅》：「祖，始也。」今文《尚書》曰：「黎民祖飢。」

百卉具痱。

按：李善注謝靈運《戲馬臺詩》，則《毛詩》本作「痱」，《韓詩》作「腓」，爲假借字。今本《毛詩》誤從韓作「腓」，非也。

廢爲殘賊。

按：傳「廢，大也」，本《釋詁》文。郭注《爾雅》引「廢爲殘賊」，正用毛義。箋云：「言大於惡。」申毛而非易毛也。《釋文》作「忕也」，云：「一本作『大也』。」此是王肅義，未之深察矣。鏞堂按：毛傳：「廢，忕也。」箋云：「言忕於惡。」郭注《爾雅》訓爲「大」，用王肅義也。陸氏之言最爲有據，「廢」「忕」亦同在十五部。

匪鶉匪鳶。

《説文》：「鷻，雕也。从鳥，敦聲。《詩》曰：『匪鷻匪𪀚。』」

按：今《詩》「鶉」爲「鷻」之譌，「鳶」爲「𪀚」之譌。《説文》無「鳶」字，「𪀚」即「鳶」也。《集韻》以「𪀚」爲古「鳶」字，譌爲「鳶」，又譌入二仙，其誤已久。如曹子建《名都篇》已讀如今音。

祇自疷兮。

按：《釋詁》：「疷，病也。」《説文》：「疷，病也。从疒，氏聲。」《毛詩》三用此字爲韻。《白華》與「卑」韻，傳：「疷，病也。」《何人斯》「祇」與「易」「知」「篪」「知」「斯」韻，傳：「祇，病也。」此皆十六部本音借「祇」字爲之，於六書爲假借。《無將大車》傳亦云：「疷，病也。」而與十二部之「塵」韻，讀若「真」。此古合韻之例。宋劉彝妄謂當作「痻」，音「民」。攷《爾雅》《説文》《五經文字》《玉篇》《廣韻》皆無「疷」字，《集韻》始有，非古。元戴侗謂即「痻」字之省。不知「痻」从疒，昏聲。昏聲在十三部，民聲在十二部。《桑柔》「痻」與「慇」「辰」韻，不得與「塵」韻也。《說文》云：「昏，从日，从氐省。氐者，下也。一曰：民聲。」按：昏从氐省爲會意字，非民聲。「痻」字「昏」聲，不得省爲「疷」也。唐人避廟諱，「愍」作「愍」，「珉」作「珉」，「蟁」作「蟁」。顧炎武以唐石經「祇自疷兮」爲諱「民」減畫作「氏」之字，由不知古合韻之例，而附會劉彝臆説，以求得其韻也。張衡《賦》「思百憂以自疢」，「疢」與「疷」音近。《禮記》「眕於鬼神」，鄭注：「眕，或爲祇也。」又《說文》「觗」一作「觝」。又古「狋氏」讀如「權精」。於此可求合韻之理。《釋文》：「疷兮，都禮反」。是陸氏誤「疷」。

日月方奥。

《爾雅》：「燠，煖也。」《說文》無「燠」字。鏞堂按：古「燠」字多作「奥」。《書·堯典》「厥民燠」、《洪範》「時燠若」，皆有作「奥」者。

以雅以南。

《後漢·陳禪傳》：古者合歡之樂舞於堂，四夷之樂陳於門。故《詩》云：「以雅以南，韎任朱離。」

按：「韎任朱離」自見《毛詩》傳，陳禪合《經》以證四夷之樂，而不知「南」「任」一也。章懷謂「韎任朱離」蓋見齊、魯《詩》，誤。

楚楚者茨。

按：古所云「采薺」，疑即《楚茨》「采楚」，異部而音近也。

我黍與與。

《釋文》音「餘」。

按：張平子《南都賦》：「其原野則有桑黍麻苧，菽麥稷黍。百穀蕃廡，翼翼與與。」然則漢人讀上聲也。

我庾維億。

《説文》：「億，安也。从人，意聲。意，滿也。一曰：十萬曰意。从心，啻聲。」洪适《隸釋》載《泰山都尉孔宙碑》《樊毅修華嶽碑》《司隸校尉魯峻碑》並書「億」作「啻」。《巴郡太守張納碑》書「億」作「意」。《小黄門譙敏碑》書「億」作「偣」。

按：當从《説文》，以「意」爲「億兆」正字。

獻酬交錯。

傳：東西爲交，邪行爲錯。

按：《説文》作「这逪」。經典中用「錯」字多屬假借：「獻酬交錯」應作「这逪」，「可以攻錯」應作「攻厝」，「錯綜其數」應作「逪綜」，「舉直錯枉」應作「舉措」。攷《説文》：「逪，这逪也。厝，厲石也。逪，參逪也。」《廣韻》：「逪，倉各切。逪綜，亂也。措，置也。錯，金涂也。」「何以報之金錯刀」，乃「錯」字本義。

萬壽攸酢。

《説文》：「酢，醶也。从酉，乍聲。」「醋，客酌主人也。从酉，昔聲。」

按：今俗所用與《説文》互異。《儀禮》「酬醋」，字作「醋」。漢人注經云：「味酢者皆謂酸也。」

我孔熯矣。

按：毛傳「熯，敬也」，本《釋詁》。但「熯」字本義是「乾貌」，非「敬」。《説文》：「戁，敬也。」則此「熯」字是「戁」字之假借，音而善反。《長發》傳「戁，恐也」，各隨其立詞釋之。敬者必恐懼。

如幾如式。

「薄送我畿」正義曰：「畿者，期限之名。」《周禮》「九畿及王畿千里」，皆期限之義。故《楚茨》傳曰：「畿，期也。」

按：此當作「如畿如式」。

既匡既勑。

《廣韻》：敕，誡也。勅同。今相承作「勑」。勑，本音賚。

按：《説文》：敕，〔一〕誡也。勑，勞勑也。

鐘鼓送尸。

〔一〕「敕」，原作「敇」。今據拜經堂本及《説文》改。

今本多作「鼓鐘」。攷「鼓鐘將將」「鼓鐘伐鼛」傳云「鼓其淫樂」，正義云：「鼓擊其鐘。」《白華》「鼓鐘于宫」，正義亦云：「鼓擊其鐘。」此篇上文曰「鐘鼓既戒」，此不應變文。《宋書・禮志四》兩引皆曰「鐘鼓送尸」，正義云：「鳴鐘鼓以送尸。」是唐初不作「鼓鐘」，今本承開成石經之誤。

神保聿歸。

《宋書・樂志一》引「神保遹歸」，又引注：「歸於天地也。」今鄭箋無「地」字。

既霑既足。

按：疑當作「既沾既浞」。《説文》：「沾，沾益也。浞，濡也。」鄭司農注《攷工記》曰：「腛，讀如沾渥之渥。」漢《曹全碑》：「鄉明治，惠沾渥。」

黍稷彧彧。

《説文》：「戫，有文章也。从有，𢧢聲。」「𢧢，水流也。从川，或聲。」

按：《毛詩》假「彧」爲「戫」，隸省「𢧢」爲「彧」。《廣韻》：「稢稢，黍稷盛貌。」

從以騂牡。

《説文》無「騂」。

苾苾芬芬。

以《楚茨》推之，此句韓《詩》當作「馥馥芬芬」。

倬彼甫田。

《爾雅》：「菿，大也。」《説文》：「菿，艸大也。俗本誤作「艸木倒」。从艸，到聲。」

按：韓《詩》「菿彼甫田」，《詩》釋文及《爾雅》疏引之。俗本《爾雅》「菿」誤「箌」，《説文》又譌作「⿱艹致」。

或耘或耔。

《説文》：「⿰耒員，除苗閒穢也。或从芸作『耘』。」又「耔」作「秄」。

以我齊明。

《説文》：「齋，黍稷在器以祀者。」《五經文字》「齋」或作「粢」，同。《禮記》及諸經皆借「齊」字爲之。

按：此《釋文》云：「本又作『齍』。」是正字。

以我覃耜。

《東京賦》作「剡耜」。《説文》「剡，鋭利也」，亦是假借「覃」爲「剡」。

俶載南畝。

箋云：載，讀爲「菑栗」之「菑」。

按：《管子》：「春有以剚耕，夏有以剚耘。」「剚」「菑」同也。

不稂不莠。

《説文》：「禾粟之莠「采」誤。生而不成者謂之童。「董」誤。蓈，或作『稂』。」

去其螟螣。

按：「螣」本「螣蛇」字，在六部，借爲一部。「螟蟘」之「蟘」，此異部假借，猶「登來」之爲「得來」也。

《五經文字》作「蟘」，今《説文》作「蟘」，誤。

秉畀炎火。

《釋文》：秉，韓《詩》作「卜」。

按：卜畀，猶俗言「付與」也。《爾雅》：「卜，予也。」

有渰淒淒，興雲祁祁。

按：詩人體物之工，於此二句可見。凡夏雨時行，始暴而後徐。其始陰氣乍合，黑雲如鬌，淒風怒生，衝波掃葉，所謂「有渰淒淒」也。繼焉暴風稍定，白雲漫汗，鋪布宇宙，雨脚如繩，所謂「興雲祁祁，雨我公田」也。「有渰淒淒」，言雲而風在其中。「興雲祁祁」，言雲而雨在其中。「雨」字分上、去聲，後儒俗説，古無是也。上句言「興雨」，下又言「雨我公田」，則無味矣。「英英白雲，露彼菅茅」，「興雲祁祁，雨我公田」，其句法、字法正同。「雨我」之「雨」必讀去聲，則「露彼」之「露」又將讀何聲耶？於此知「善善」「惡惡」之類，皆俗儒分別，而戾於古矣。

伊寡婦之利。

依鄭氏箋例求之，此「伊」亦當作「繄」。

君子樂胥。

箋云：胥，有才知之名。

按：《周官》「胥十有二人」注：「胥，讀爲諝，謂其有才知爲什長。」此箋亦讀爲「諝」。《説文》：「諝，知也。」《易》「歸妹以須」之「須」，鄭亦讀爲諝。

實維伊何。

此三章「實」字皆當爲「寔」。箋云：「寔，猶是也。」正讀「實」爲「寔」也。《小星》箋：「寔，是也。」《韓奕》則先易其字云：「實，當爲『寔』。」而後云：「寔，是也。」

樂酒今夕。

《大招》「以娱昔只」，王逸注：「昔，夜也。《詩》云：『樂酒今昔。』言可以終夜自娱樂也。」

按：《春秋》「夜恒星不見」，《穀梁》「夜」作「昔」。日入至于星出謂之昔，「昔」者，「夕」之假借字。夕，暮也，从月半見。「夜」與「夕」異時。「夜中星隕如雨」之「夜」，《穀梁》亦作「夜」，不作「昔」。王逸云：「昔，夜也。」未爲明審。

殽核維旅。

班固《典引》「肴覈仁義」，蔡注：「肴覈，食也。肉曰肴，骨曰覈。《詩》云：『肴覈惟旅。』」《蜀都賦》：「肴槅四陳。」

匪由勿語。

按：鄭箋則「匪」字本作「勿」，後人妄改「勿由」爲「匪由」，與上「匪言勿言」成偶句耳。箋云：「勿，猶無也。」此總釋「勿從謂」「勿言」「勿由」「勿語」四「勿」字。又云：「俾，使。由，從也。武公見時人多説醉者之狀，或以取怨讎，故爲設禁。醉者有過惡，女無就而謂之也，當防護之，無使顛仆至於怠慢也。其所陳説，非所當説，無爲人説之也，亦無從而行之也，亦無以語人也。皆爲其聞之將恚怒也。」「匪由」之本爲「勿由」顯然。下「由醉之言」箋云：「女從行醉者之言，使女出無角之羖羊。」尤可證兩「由」字無二義，相承反覆戒之。古文奇奧，非可妄改，所當更正也。

觱沸檻泉。

按：司馬相如《上林賦》作「滭沸」，《史記》作「滭浡」。《説文》當有「滭」字。今佚。

騂騂角弓。

《説文》「觲」下引《詩》「觲觲角弓」。《釋文》：「《説文》作『弲』。」

按：蓋唐時《説文》「弲」下引「弲弲角弓」，今本佚也。

民胥傚矣。

《左傳》：「民胥效矣。」

按：《説文》無「儆」。

見晛曰消。〔一〕

按：《説文》：「曣，姓無雲也。晛，日見也。」劉向引《詩》「雨雪麃麃，見晛聿消」，師古曰：「見，無雲也。晛，日氣也。言雨雪之盛麃麃然。至於無雲，日氣始出，而雨雪皆消釋矣。」「見」字不得訓爲「無雲」。依顔注，則劉向引《詩》「見」字作「曣」，正同韓《詩》。師古時不誤，後人妄改作「見」耳。韓《詩》「曣晛，日出也」，與《説文》「晛，日見也」正同。《釋文》引作「曣見」，誤。《詩攷》作「晛」。

上帝甚蹈。

箋云：蹈，讀曰悼。

按：《檜》傳「悼，動也」，此傳「蹈，動也」，則是一字。箋申傳，而非易傳也。

無自瘵焉。

按：箋云：「瘵，接也。」以爲「際」字假借。

英英白雲。

韓《詩》作「泱泱」。潘岳《射雉賦》「天泱泱而垂雲」，徐爰注：「泱，音英。」善曰：「《毛詩》『英英白雲』。『泱』與『英』古字通。」

〔一〕「晛」，原作「睍」。今據拜經堂本改。

鼓鐘于宮。

箋云：「鳴鼓鐘。」謂鼓與鐘二物也。《靈臺》「於論鼓鐘」，鄭云：「鼓與鐘也。」此詩正同。孔云：「鼓擊其鐘。」誤。

有豕白蹢。

《爾雅》：「豕四蹢皆白，豥。」蹢，蹄也。猶「馬四蹢皆白，首」也。或作「四豴皆白，豥」，誤。張參收「豴」字入《五經文字》，不精也。

何人不矜。

按：《鴻雁》傳：「矜，憐也。」《菀柳》傳：「矜，危也。」此蓋言夫人而危困可憐，不必讀爲「鰥」。《詩·敝笱》「鰥」與「雲」韻，在十三部。《菀柳》「矜」與「天」「臻」韻，《何草不黄》與「玄」「民」韻，《桑柔》與「旬」「民」「填」「天」韻，在十二部。漢人十二、十三部合用，多借「矜」爲「鰥寡」字。而《書·堯典》《康誥》《無逸》《甫刑》，《詩·鴻雁》，《孟子·明堂章》皆作「鰥」，不假借「矜」字。惟《烝民》作「不侮矜寡」，則漢後所改。而《左傳》昭元年引「不侮鰥寡，不畏彊禦」，固作「鰥」。「何人不矜」當從本字讀。

皇清經解卷六百三十一終　漢軍生員樊封校

詩經小學　卷三

金壇段大令玉裁著

大雅

亹亹文王。

或因《説文》無「亹」字，欲盡改《易》《詩》《禮記》《爾雅》「亹亹」爲「娓娓」者，誤。

摯仲氏任。

傳：摯國任姓之中女也。又大任、中任也。

按：《毛》經、傳皆作「中」。古「中」「仲」通用，如「中興」爲「仲興」是也。今經作「仲」，譌。

會朝清明。

《天問》「會鼂争盟，何踐吾期」，一作「會晁請盟」。

自土沮漆。

《文選》干令升《晉紀總論》「帥西水滸，至于岐下」，李善注：「《毛詩·大雅》文。鄭玄曰：『循西水涯漆沮今本《詩》箋依經倒。側也。』謂亶父避狄，循漆沮之水，而至岐下。」鏞堂按：孔氏正義本作「自土漆沮」。今疏中雖爲後人所改，然尚有改之未盡者。如釋經云「於漆沮之旁」，釋傳云「《禹貢》雍州：漆沮既從」。是「漆」「沮」俱爲水也。又「漆沮爲一」釋箋云「豳有漆沮之水，又是周地亦有漆沮也」。釋下「率西水滸」箋云：「上言漆沮，此言循滸，明是循此漆沮之側也。」又釋下「周原膴膴」傳云：「周原在漆沮之閒，以時驗而知之。」據此，可知正義本作「自土漆沮」。今《釋文》作「沮漆」，恐非陸氏之舊。

來朝走馬。

《玉篇》「趣」字注：《詩》曰：「來朝趣馬。」言早且疾也。

按：鄭箋：「言避惡早且疾也。」「早」釋「來朝」，「疾」釋「趣」字。《説文》：「趣，疾也。」《玉篇》作「趣馬」，野王據漢人相傳古本也。鏞堂按：《棫樸》「左右趣之」傳：「趣，趨也。」箋云：「左右之諸臣皆促疾於事。」彼箋以「趣」爲「疾」，與此正同，可驗「走馬」之本作「趣馬」。程大昌、顧炎武以爲單騎之始，誤。「趣」音「走」，亦音「促」。

周原膴膴。

《廣雅·釋言》：「膴膴，肥也。」據韓《詩》爲訓也。

菫荼如飴。

《説文》：「菫，草。根如薺，葉如細柳，蒸食之甘。从艸，菫聲。」今《詩》譌作「菫」。

迺慰迺止。

唐石經並作「迺」。明馬應龍本「乃召司空」「乃召司徒」二作「乃」，餘作「迺」。

按：《説文》「迺」「乃」異字異義，俗云古今字。

捄之陾陾。

顧寧人曰：《説文》引作「捄之仍仍」。

按：《廣雅・釋訓》：「仍仍、登登、馮馮，衆也。」即釋此詩。然則「陾」有作「仍」者，今《説文》同《詩》。未詳顧氏所本。

削屢馮馮。

按：屢，古作「婁」。婁，空也。削婁，謂削治牆空竅坳突處使平。《長門賦》：「離樓梧而相樘。」《魯靈光殿賦》：「嵚崟離樓。」《説文》：「廔，屋麗廔也。囧，牕牖麗廔闓明也。」離樓、麗廔，皆竅穴穿通之貌。

皋門有伉。

《説文》：「阬，閬也。閬，門高也。」《五經文字》：「阬，門高。」《廣韻》四十二宕：「阬，門也。」

按：《毛詩》之「伉」，古本作「阬」。《屈賦》：「吾與君兮齊遨，道帝之兮九阬。」九阬，謂廣開天門，有九重也。

維其喙矣。

《方言》「㾓，極也」郭注：「巨畏反。今江東呼『極』爲『㾓』，『倦』聲之轉也。」《廣韻》：「㾓，困極也。《詩》云『昆夷⿸疒彖矣』，本亦作『喙』。」《方言》「⿰女希，極也」郭注：「今江東呼『極』爲『⿰女希』，音喙。《外傳》曰：『余病⿰女希矣。』」《爾雅》：「呬，息也。」《説文》：「呬，息也。《詩》曰『犬夷呬矣。』」

按：《國語》：「郤獻子曰：『余病喙。』」韋昭注：「短氣貌。」「呬兮」者，「喙兮」之異文。

追琢其章。

《周禮·追師》注引《詩》「追琢其璋」，疏曰：「璋是玉爲之，則『追』與『琢』皆是玉石之名也。」

按：毛、鄭是「章」字。

求民之莫。

當作「嗼」。

其灌其栵。

《説文》：「栵，栝也。《詩》曰：『其灌其栵。』」

按：栵，當作「槸」。槸，木相磨也。「菑翳」「灌槸」一例，不應此獨爲木名。《爾雅》：「立死，甾。蔽者，翳。木相磨，槸。」疑是類釋。此詩不言「灌」者，已見上文矣。

天立厥妃。

惠棟曰：當作「妃」。各本作「配」誤。

按：傳：「妃，媲也。」正義引某氏注《爾雅》：「《詩》云『天立厥妃』。」是矣。但謂「毛讀『配』爲『妃』，故云『媲也』」。是未知經傳「配」字，皆後人改「妃」爲「配」耳。鏞堂按：《毛詩》作「配」，爲假借，三家

《詩》作「妃」，爲正字。惠氏、戴氏、段氏未詳此爲古今文之異，故説多誤。

維此王季。

《左傳》、韓《詩》、王肅作「維此文王」。

按：《左傳》釋「比于文王」曰：「經緯天地曰文。」毛傳本之，謂比于古者經緯天地文德之王也。如「成王不敢康」，非成王、康王。箋云：「必比于文王者，德以聖人爲匹。」是鄭箋雖作「維此王季」，而「比于文王」亦非。以父同子，言之不順也。惟《樂記》注云：「言文王之德皆能如此。」而不引「經緯天地曰文」，則爲實指周文王，所見《詩》亦是「維此文王」。然《禮》注言「文王」，《詩》箋言「王季」，説自不同。

無然畔援。

《玉篇》：「《詩》云『無然伴换』，伴换，猶跋扈也。」《漢書》「項氏叛换」韋昭曰：「叛换，跋扈也。」

《魏都賦》：「雲徹叛换。」

誕先登于岸。

箋云：岸，訟也。

按：鄭意作「犴」。

同爾兄弟。

顧寧人曰：「《伏湛傳》引『同爾弟兄』入韻。」

按：王逸《九辨》注：「内念君父及弟兄也。」與上文「長」「王」「煌」「黨」並「湯」韻。今譌爲「兄弟」，則非韻矣。

與爾臨衝。

韓《詩》：「與爾隆衝。」

按：隆衝，言限陣之車隆然高大也。毛傳以「臨」「衝」爲二，非。《説文》：「𨏥，陷陣車也。从車，童聲。」

執訊連連。

《釋文》又作「誶」。

按：作「誶」者誤。《爾雅》：「訊，言也。」《説文》：「訊，問也。」《無羊》傳：「訊，問也。」《出車》傳：「訊，辭也。」《采芑》箋：「執其可言，問所獲敵人之衆。」此箋「執所生得者而言問之」，以「言」「辭」「問」訓「訊」字，與「誶」字「告」義別。

白鳥翯翯。

《説文》：「皠，鳥之白也。」

按：《景福殿賦》：「皠皠白鳥。」

於論鼓鐘。

漢以前「論」字皆讀爲「倫」。《中庸》：「經論天下之大經。」《易》：「君子以經論。」

鼉鼓逢逢。

《釋文》：逢逢，亦作「韸」。作「韼」譌。

按：《淮南·時則訓》注引《詩》「鼉鼓洋洋」，「洋」即「韸」譌。《呂氏春秋·有始覽》注引《詩》「鼉鼓韸韸」，《衆經音義》引郭璞《山海經》注「《詩》云『鼉鼓韸韸』」是也。今《山海經》注缺。《廣雅》：「韸韸，聲也。」

昭兹來許，繩其祖武。

傳：許，進。繩，戒。

按：《續漢·祭祀志》注引謝沈書云：「東平王蒼上言：《大雅》云『昭兹來御，慎其祖武』。」《六月》傳亦云：「御，進也。」據東平引作「來御」，此傳訓爲「進」，疑作「許」，是聲之誤。惠定宇說同。後見《廣雅》：「許，進也。」本此傳。則《毛詩》本作「許」，作「御」者蓋三家。東平王作「慎」，異字同義，此爲轉注。

遹求厥寧。

《說文》引作「欥」。《漢書·叙傳·幽通賦》「欥中龢爲庶幾兮」，《文選》作「聿」。

築城伊淢。

按：韓《詩》作「洫」，則字、義、聲皆合矣。《史·河渠書》「溝洫」，字亦作「淢」。

遹追來孝。

按：古「昳」「聿」「遹」字通用。

《禮記》引作「聿」。

履帝武敏。

《爾雅》「履帝武敏」，於「敏」字斷句。王逸《離騷》注：「履帝武敏歆」，於「歆」字斷句。

按：毛傳：「敏，疾也。」於「敏」字斷句。《爾雅》、鄭箋：「敏，拇也。」於「歆」字斷句。古「敏」「拇」「畝」字同音，皆在今之止韻。故《爾雅》舍人本作「履帝武畝」，亦假借字也。

先生如達。

按：鄭箋易字爲「羍」，似太媟矣。本后稷之詩，不宜若是。傳云：「達，生也。」以《車攻》傳「達，屨」之義求之，蓋是「達，達生也」。「達」「沓」字古通用。姜原首生后稷，便如再生、三生之易，故足其義云：「先生，姜原之子先生者也。」如「樵彼桑薪，卬烘于煁」，傳云：「卬，我也。烘，燎也。煁，烓竈也。」乃後足其義云：「桑薪宜以養人者也。」若依次訓釋，則「桑薪」當在「卬」上，「先生」當在「達」上。

實種實褎。

傳：種，雍腫也。

按：當作「雝種」。《漢書》所謂「一畝三甽，苗生三葉以上，隤壟土以附苗根，比盛暑，壟盡而根深，能風與旱」也。正義引《莊子》「雝腫而不中繩墨」，擬不於倫，且與「實發」相混。

維秬維秠。

《山海經》「維宜芑苣，穋楊是食」，郭注云：「《管子》說地所宜，云其穜、穋、芑、黑黍，皆禾類。苣，黑黍。今字作禾旁。」

維穈維芑。

按：「穈」字《說文》所無，於六書無當，宜從《爾雅》《說文》作「虋」。

以歸肇祀。

按：箋云：「肈，郊之神位也。」是以「肈」爲「兆」之假借也。或少「當作兆」三字。《禮記》引下文作「后稷兆祀」。《周官》經「兆五帝於四郊」，《說文》作「垗」。肈，从戈，肁聲。今本作「肇」，非也。攷《書》「肈十有二州」「肈基王迹」及此「以歸肈祀」「后稷肈祀」，《釋文》皆作「肈」。《玉篇》攴部：「肇，俗肈字。」《五經文字》戈部：「肈，作『肇』訛。」唐石經此詩二「肈」皆从戈。《廣韻》有「肈」無「肇」。今本《說文》攴部有「肇」字，唐後人妄增入無疑。凡古書「肇」字皆當改「肈」。

或舂或揄。

《說文》：「舀，抒臼也。从爫、臼。《詩》曰：『或簸或舀。』」或作「𦥷」，或作「抌」。

按：《周禮·舂人》注、《儀禮·有司徹》注皆引《詩》「或舂或抌」，其字从「手」，「冘」聲。「冘散」之「冘」今在第九部，古在第三部。《說文》當云「或舂或舀」，而云「或簸或舀」者，記憶之誤也。今《詩》作「揄」者，聲之誤也。鄭氏注三《禮》，所引蓋韓《詩》。而《說文序》云「《詩》，毛詩」，則《毛詩》故作

「舀」也。

釋之叟叟。

《說文》：「釋，漬米也。从米，睪聲。」

按：亦曰「浙米」，亦曰「汏米」。唐石經誤作「釋」，諸本承之。

敦彼行葦。

李善《長笛賦》注引鄭箋：「團，聚貌。」

醓醢以薦。

《說文》作「盬醢」，从血，肬聲。

嘉殽脾臄。

《說文》：「谷，口上阿也。从口，上谷象其理。」或作「㗀」，或作「臄」。

敦弓既堅。

《說文》：「弴，畫弓也。从弓，𦎧聲。」

按：敦，讀如「追」，不讀「彫」。猶「追琢其章」，不讀「彫琢」；「鵰」釋爲「雕」，不讀「雕」字。此異部轉注之理也。

酌以大斗。

《釋文》：「斗，亦作『枓』。」《說文》：「鋀，酒器也。」或作「㪷」。

高朗令終。

《說文》作「朖」。

鳧鷖在涇。

按：此篇「涇」「沙」「渚」「潨」「亹」一例，不應「涇」獨爲水名。鄭箋：「涇，水中也。」今本誤作「水名也」。故下云「水鳥而居水中」，是直接「水中」。二字改作「水名」，則不貫矣。下章傳：「沙，水旁也。」箋云：「水鳥以居水中爲常，今出在水旁。」承上章「在涇」爲言。《爾雅》：「直波爲徑。」郭注：「言徑侹。」《釋名》：「水直波曰涇。涇，徑也，言如道徑也。」《莊子·秋水》篇：「涇流之大，兩涯渚涘之閒，不辨牛馬。」司馬彪云：「涇，通也。」義皆與此詩合。「涇」「徑」字同，謂大水中流徑直孤往之波。故箋云「涇，水中也」。因下章「沙」爲「水旁」，故云「水中」以别之。四章因三章「渚」爲「水中高地」，故云「潨，水外高地」以别之。蓋以「潨」爲「崇」字之假借也。

假樂君子。

傳：假，嘉也。

按：《維天之命》傳、《雝》傳同。「假」皆「嘉」之假借字也。

且君且王。

《釋文》：一本作「宜君宜王」。

按：趙壹《窮鳥賦》「且公且侯，子子孫孫」，正用《假樂》詩意。作「宜」爲俗本也。

民之攸塈。

正義：《釋詁》云：「呬，息也。」某氏曰：「《詩》云『民之攸呬』。」舊作「塈」。郭璞曰：「今東齊呼息爲呬。」則「塈」與「呬」古今字。

按：「塈」者，字之假借，非古今字。

而無永嘆。

按：傳：「民無長嘆，猶文王之無侮也。」謂《皇矣》末章「四方以無侮」也。孔沖遠譌作「無悔」，云即「其德靡悔」，非是。且「其德靡悔」，《毛詩》言王季，非言文王。

何以舟之。

按：「舟」之言昭也。以玉瑶昭其有美德，以鞞琫昭其德之有度數，以容刀昭其有武事。

取厲取鍛。

《釋文》：《說文》云：「碫，厲石。」《字林》大喚反。

按：今本《說文》誤作「碫，乎加反。」毛傳：「碫，鍛石也。」鄭申之云：「鍛石，所以爲鍛質也。」經當作「碫」，傳當作「鍛石」。今本經譌「鍛」，傳中脱「碫」字。毛云「碫」是「鍛石」，《說文》云「碫」是「厲石」，其說不同，而毛爲是。

止旅迺密。

傳：密，安也。

按：《説文》：「宓，安也。」「宓」是正字，「密」是假借字。「密，山如堂者也。宓，从宀，必聲。」今俗讀「宓子賤」之「宓」如「伏」者，聲韻轉移。正如「苾芬孝祀」，韓《詩》作「馥芬」也。宓子賤之後爲漢伏生。

芮鞫之即。

《周官》經「其川涇汭」，鄭注引《詩》「汭坑之即」。《漢書·地理志》右扶風汧縣：「芮水出西北，東入涇。《詩》『芮阮』，雍州川也。」師古曰：「《詩》『芮鞫之即』，韓《詩》作『芮阮』。」

按：《詩》箋：「芮之言内也。」《周禮》注及《漢書》皆以「芮」爲水名。「坑」「阮」同「鞫」，其假借字也。

泂酌彼行潦。

傳：泂，遠也。

按：《説文》「迥，遠也」，知是假「泂」爲「迥」。

可以餴饎。

正義引《説文》：「饋，一蒸米也。餾，飯气流也。」今《説文》：「饙，滫飯也。」或作「饋」，或作「餴」。

似先公酋矣。

按：當作「遒。」《説文》：「遒，迫也。」亦作「遒」。

茀禄爾康矣。

傳：「茀，小也。」箋云：「茀，福。」《爾雅》：「祓，福也。」郭注引《詩》「祓禄康矣」。

按：毛依《爾雅・釋言》，當作「芾」。芾，小也。《甘棠》傳：「蔽芾，小貌。」鄭依《爾雅・釋詁》，以「茀」爲「祓」之假借。

鳳皇于飛。

《説文》引「鳳皇于飛，翽翽其羽」，唐石經「鳳皇于飛」「鳳皇鳴矣」皆作「皇」。

按：《爾雅》：「鶠，鳳。其雌皇。」《説文》：「鶠，鳥也，其雌皇。一曰：鳳皇也。」顔元孫《干禄字書》：「皇，『鳳皇』正字。俗作『凰』。」《廣韻》：「鳳凰，本作『皇』。《詩》傳：『雄曰鳳，雌曰皇。』」凡古書皆作「鳳皇」，絶無「凰」字。「凰」字於字書無當。攷揚雄《蜀都賦》有「鷎」字，晉有鷎儀殿。視「凰」字爲雅。

雝雝喈喈。

《爾雅》：「噰噰、喈喈，民協服也。」《釋文》：「噰，本或作『雍』，又作『廱』。」

按：《説文》：「邕，四方有水自邕成池者。雝，雝𪇰也。廱，天子饗飲辟廱也。」「雝」隸變爲「雍」，借爲雍和、雍塞、辟雍。而「辟廱」本字亦借爲「和」義，又別製「嗈」「噰」「壅」等字。漢蔡邕，字伯喈。是漢人作「邕邕喈喈」也。

憯不畏明。

《説文》：朁，曾也。从曰，兓聲。《詩》曰：「朁不畏明。」

按：《詩》「憯莫懲嗟」「胡憯莫懲」。「憯」不知其故，皆宜作「朁」，同音假借也。《説文》：「憯，痛也。」義别。

以謹惛怓。

《説文》作「怋怓」。今本《説文》、《釋文》皆有脱誤。

無然泄泄。

《五經文字》：「絏，本文從世，緣廟諱偏旁。今經典並准式例變。」據此，則「絏」本作「紲」，「洩」本作「泄」，「齥」本作「齛」。《説文》無「洩」「絏」「齥」字。唐石經「洩洩其羽」「桑者洩洩」「無然洩洩」，不可從也。

民之方殿屎。

《釋文》：「殿，《説文》作『唸』。屎，《説文》作『吚』。」《爾雅》：「殿屎，呻也。」《釋文》：「《説文》作『唸吚』。」《五經文字》：「《説文》作『吚』。」

按：今《説文》引《詩》「民之方唸㕧」。《玉篇》《廣韻》亦作「唸㕧」。

民之多辟，無自立辟。

按：傳「辟，法也」之上不言「辟，僻也」，蓋漢時上作「僻」，下作「辟」。故箋云：「民之行多爲邪僻，乃汝君臣之過，無自謂所建爲法也。」各書徵引皆上「僻」下「辟」。《釋文》亦云：「多僻，匹亦反，邪也。立辟，婢亦反，法也。」自唐石經二字皆作「辟」，而朱子併下字釋爲「邪」矣。

及爾出王。

傳：王，往。

按：以「王」爲「往」之假借也。

侯作侯祝。

按：毛傳：「作、祝，詛也。」四字一句，言「侯作侯祝」者，謂作祝詛之事也。「詛」是「祝」之類，故兼云「詛」。經文三字不成句，故「作」字之下益「侯」字以成之。《詩》中如此句法甚多：如「迺慰迺止」，箋云：「乃安隱其居。」「迺宣迺畝」，箋云：「時耕曰宣，乃時耕其田畝。」「爰始爰謀」，箋云：「於是始與豳人之從己者謀。」陸、孔以毛傳「作」字爲逗，「祝詛也」爲句，大誤。

女炰烋于中國。

按：「炰烋」之言「狍鴞」也。《山海經》曰：「鈎吾之山有獸焉，名曰狍鴞，是食人。」郭注：「爲物貪惏，象在夏鼎，《左傳》所謂『饕餮』是也。」

內奰于中國。

《說文》作「𡚸」：「从三大，三目。」今《詩》作「奰」者，隸省也。或从三四，从犬，則非矣。張衡、左思賦內「贔屓」之「贔」，即「奰」之譌。正義引張衡賦：「巨靈奰屭，以流河曲。」

無言不讐。

按：當作左氏《傳》「憂必雔焉」之「雔」。

尚不愧于屋漏。

箋：屋，小帳也。

按：此當作「幄」。《說文》無「幄」字。

淑慎爾止，不愆于儀。

按：左氏襄三十年《傳》引《詩》「淑慎爾止，無載爾僞」，杜預以爲逸詩。然則非此詩之異文也。

實虹小子。

傳：虹，潰也。

按：《召旻》「蟊賊內訌」，傳同。

秉心無競。

《韻補》：競，其亮切。開元《五經文字》讀「僵」，去聲。《詩》「秉心無倞」「無倞維人」，今作「競」。

荓云不逮。

荓，蓋「伻」字之假借。

好是家嗇，力民代食。

按：鄭不云「稼穡，當作『家嗇』」，則毛本作「家嗇」也。傳云：「力民代食，無功者食天禄也。」鄭申其意，而王肅所見之本誤衍一「代」字，鏞堂按：「代」字即王肅所增。云：「代無功者食天禄也。」因曲爲之説曰：「有功力於民，代無功者食天禄。」且改「家嗇」字从「禾」。而不知「代無功食天禄」，語最無理，豈毛公而爲之乎？

朋友已譖。

箋云：譖，不信也。則當作「僭」。鏞堂按：正義本作「僭」，釋經云：「僭，差。」《釋文》：「譖，本亦作『僭』。」

反予來赫。

毛作「赫」，鄭作「嚇」。

涼曰不可。

按：《釋文》：「職涼，毛音良，薄也。鄭音亮，信也。下同。」所云「下同」者，即此「涼曰」之「涼」。是陸本皆作「涼」也。正義上云「毛以爲下民之爲此無中和之行，主爲偷薄之俗」，此云「我以信言諫王，曰汝所行者於理不可」，是孔本上章作「涼」，此章作「諒」。以上章鄭易「涼」爲「諒」，而此章毛本作「諒」，非關鄭易也。唐石經上作「涼」，此作「諒」，蓋從孔本。然由文義求之，恐未得毛意。

耗斁下土。

《說文》有「秏」無「耗」。《玉篇》「秏，減也，敗也」，引此《詩》。《廣韻》：「秏，俗作『耗』。」

寧丁我躬。

按：箋云：「斁，敗也。」《說文》「殬，敗也」，引《商書》「彝倫攸殬」。與「厭斁」字别。

戴先生云：「『寧』之言乃也。」

如惔如焚。

《章帝紀》「今時復旱，如炎如焚」，章懷注引韓《詩》「如炎如焚」。

按：韓《詩》作「炎」爲善。《說文》：「炎，燎也。」傳云：「惔，燎之也。」蓋毛亦作「炎」也。上文「赫赫炎炎」或作「惔」，是其明證。

寧俾我遯。

《釋文》：「本亦作『遂』。」

按：《周易》「遯」，鄭作「遂」。

則不我虞。

按：「虞」「娱」同，字之假借也。《詩序》云：「以禮自虞樂。」鏞堂按：箋云：「虞，度也。夫曾不度知我心。」箋義爲長。《抑》「用戒不虞」，毛傳：「不虞，非度也。」《閟宫》「無貳無虞」，箋云：「虞，度也。」是《毛詩》「虞度」字作「虞」。《出其東門》「聊可與娱」，毛傳：「娱，樂也。」《緇衣》「不吴不敖」，毛傳：「吴，譁也。」正義本作「不娱」，云：「人自娱樂，必讙譁爲聲。」是《毛詩》「娱樂」字作「娱」。二字不相假借。

有嘒其星。

《説文》：「䜊，聲也。《詩》曰：『有䜊其聲。』」

按：如史所云「赤氣亘天砰隱有聲」之類也。今作「有嘒其星」，殆非。

往迈王舅。

《唐韻正》曰：「會言近止」「往近王舅」，皆「附近」之「近」，而非「迈」也。

按：《釋文》於「近」字每云「附近」之「近」者，皆以别諸上聲之「近遠」，而非别諸「迈」字也。古以「遠近」讀上聲，「親近」讀去聲。「往迈王舅」，蓋言「往已王舅」也。古音同部假借。此借「迈」爲「已」，傳以「已」訓「迈」。猶《淇奧》借「簀」爲「積」，傳以「積」訓「簀」；《板》借「王」爲「往」，傳以「往」訓「王」，箋又從而申明其説耳。《詩》「彼其之子」，《左傳》引作「彼己」，《禮記》引作「彼記」。《大叔于田》箋云：「忌，辭也，讀如『彼己之子』之『己』。」劉伯莊《史記音義》云：「丌，古其字。」《玉篇》：「丌，古其字。」《説文》：「丌讀若箕。迈，讀與記同。」知「其」「己」「記」「忌」「丌」「迈」字同在之、咍部。若「近」字，乃在諄、文部，音轉讀若「幾」，讀若「祈」，在脂、微部。如「會言近止」與「偕」「邇」爲韻，如《周禮》「九畿」，故書作「九近」，《周易》「月幾望」或作「近望」是也。「諄」「文」與「脂」「微」近，與「之」「咍」相去甚遠，不相假借。此《詩》如本「近」字，則毛訓爲「己」，鄭讀如「記」，如何可通？故「近」爲「迈」之譌，其説不可易也。

夙夜匪解。

「懈」之假借。

愛莫助之。

按：《爾雅》：「薆，隱也。」從毛傳當作「薆」。

鈎膺鏤錫。

《説文》引作「鍚」。

按：隸省作「錫」。

鞹鞃淺幭。

《曲禮》「素簚」注：「簚，覆笭也。」《釋文》：「簚，本又作『幭』。」疏引《既夕禮》：「乘惡車，白狗幦。」《玉藻》「君羔幦虎犆」注：「幦，覆笭也。」疏：「《詩·大雅》『鞹鞃淺幭』，毛傳云：『幭，覆式。』幭，即幦也。又《周禮·巾車》作『𧜀』，但古字耳。三者同也。」《少儀》「拖諸幦」注：「幦，覆笭也。」《既夕禮》「鹿淺幦」注：「幦，覆笭。」《周官經·巾車》「犬𧜀、鹿淺𧜀、然𧜀、豻𧜀」注：「𧜀，覆笭也。」《春秋公羊傳》昭二十五年「以幦爲席」，何休注：「幦，車覆笭。」

按：《説文》：「幦，髼布也。从巾，辟聲。《周禮》曰：『駹車犬幦。』」《韓奕》當同《儀禮》《禮記》作「幦」。「車笭」字以「幦」爲正，「幭」「𧜀」皆假借字，「簚」又「幭」之變。

鞗革金厄。

按：《説文》無「鞗」有「鋚」，云：「鐵也。一曰：轡首銅也，从金，攸聲。」《石鼓詩》「四車既安」

之下有「鋚勒」字,《焦山周鼎》有「攸勒」字,《博古圖》《周宰辟父敦銘三》皆有「攸革」字,薛尚功《鐘鼎款識・周伯姬鼎》有「攸勒」字,《寅簋》有「鋚勒」字,疑《毛詩》「鞗革」皆「鋚勒」之譌。鋚勒,猶唐宋人所云「金勒」。古鐘鼎「鋚」省作「攸」,後人不知爲「鋚」之省,輒製「攸」下从「革」之字。《蓼蕭》傳:「鞗,轡也。」「轡」下落「首飾」二字。鋚所以飾轡首,下云「沖沖垂飾貌」,正謂此飾也。「革」者「勒」之省,轡首謂之勒。勒,馬頭絡銜,所以繫轡,故曰轡首。孔氏釋「轡首」云:「馬轡所靶之外有餘而垂。」甚誤。《載見》「鞗勒有鶬」傳:「有鶬,謂有法度也。」《玉篇》:「鞗,轡也,亦作『鋚』。𩏶,靶也,勒也,亦作『革』。𩏶,同𩏶。」《廣韻》:「鋚,紖頭銅飾。」又按:《爾雅》「轡首謂之革」郭注:「轡,靶勒也。」當云:「轡,靶也。革,勒也。」《說文》:「轡,馬轡也。靶,轡革也。勒,馬頭絡銜也。羈,馬絡頭也。靮,馬羈也。銜,馬勒口中也。鑣,馬銜也。」絡頭銜口統謂之勒,所以繫轡,故曰轡首。轡革爲人所把,故曰靶。《漢書》:「王良執靶。」《吳都賦》:「回靶。」今人曰扯手,亦曰轡頭,古之靶也,轡也,皆自人所把言之也。今人曰籠頭,曰嚼口,古之轡首也。勒也,羈靮也,銜也,皆自馬首言之也。《鄴中記》曰:「石虎諱勒,呼馬勒爲轡。」見《廣韻》。知「轡」「勒」本爲二物。

又按:箋於《采芑》云「鞗革,轡首垂也」,於《韓奕》云「鞗革,謂轡也」,於《載見》云「鞗革,轡首也」,絶無定說,而《采芑》尤誤。「轡」可言「垂」,「轡首」不可言「垂」矣。於《載見》云:「鎗,金飾貌。」合於以鋚飾勒之旨。《說文》:「槅,大車扼也。《攷工記》作「鬲」,《說文》作「槅」。《西京賦》:「商旅聯槅。」《潘安仁傳》:「發槅寓鞍。」軶,轅前也。軥,軶下曲者。」《左傳》襄十四年「射兩軥而還」,服注:「車軶兩邊乂馬頸者。」杜注：「車軶卷者。」昭二十六年「射之，中楯瓦，繇朐汰輈，輈入者三寸」，杜注：「入楯瓦也。朐，車軶。「朐」即「軥」之假借。」《小爾雅》：「衡，扼也。扼上者謂之烏啄。」當作「扼上也，扼下者謂之烏啄」。《釋名》：「馬曰烏啄，下向乂馬頸，似烏開口向下啄物時也。」戴先生釋車軶謂之衡，衡下烏啄謂之軥，大車謂之軶，謂之鬲。按：此《詩》作「厄」者，「軛」之假借。傳：「厄，烏噣也。」烏噣，即《小爾雅》《釋名》之「烏啄」也。古「啄」「噣」通用，如《爾雅》「生噣雛」，王逸《九歎》注引作「生啄」。《釋文》：「噣，沈音晝。」是沈重讀「不濡其噣」之「噣」。陸氏雖誤引《爾雅》而云「噣，《爾雅》作『蠋』」，是陸尚未譌爲「蠋」也。鞹以爲鞃，虢以爲幦，鋚以飾勒，金以飾軶，本四事也。徐廣曰：「棐輿車，文虎伏軾，龍首衡軶。」《續漢·輿服志》作「衘軛」。索隱曰：「謂金飾衡軛爲龍。」按：「文虎伏軾」，即經之「虢幦」。「金飾衡軛」，即經之「金軛」。鄭箋不用毛説，以「厄」爲「搤」之假借，云：「鞗革，轡也。以金爲小環，往往纏搤其轡。」合鞗革、金厄爲一事。正義乃以「噣」譌「蠋」，妄云：「厄，烏蠋，《爾雅·釋蟲》文。厄，大蟲如指似蠶。金厄者，以金接轡之端如厄蟲然。」其説致爲無理。《爾雅》「蚅」「螐」「蠋」字皆从虫，與毛傳「厄」「烏噣」奚翅風馬牛不相及。陸、孔之牽合誤甚。或曰：上文曰「錯衡」矣，又曰「金軶」，不爲複與？曰：衡謂横木，軶謂下向乂馬頸之軥。《史記》索隱引崔浩云：「衡，車扼上横木也。」是「衡」爲一物，「扼」即「軥」爲一物也。屈原賦戴氏注云：「軛，衡下兩軥也。衡亦通謂之軶。」又《士喪禮》「楔貌如軛上兩末」疏云：「如馬鞅軛馬領。」鄭注云：「今文『軛』作『厄』。」此可見「軛」爲正字，「厄」爲假借。不識箋《詩》何以不知「厄」即「軛」也？

出宿于屠。

《説文》：「郿，左馮翊郃陽亭。」

按：言左馮翊郃陽縣之郿亭也。一本作「郿陽亭」，誤。《困學紀聞》所引同誤。

炰鼈鮮魚。

《説文》：「鮮，魚名。鱻，新魚精也。」

按：《周官》經：「鱻薨。」

其蔌維何。

《説文》：「𩱧，鼎實。『惟葦及蒲』，或作『餗』。从食，束聲。」

韓侯顧之。

傳：顧之，曲顧，道義也。

惠定宇曰：《列女傳》：「齊孝公迎華氏之長女孟姬於其父母，三顧而出，親授之綏，自御輪三，曲顧姬輿，遂納於宫。」《淮南子·氾論》：「昔蒼梧繞娶妻而美，以讓兄，此所謂忠愛而不可行也。」高誘注：「蒼梧繞乃孔子時人，以妻美好，推與其兄。於兄則愛矣，而違親迎曲顧之義，故曰不可行也。」

按：《白虎通》亦曰：「必親迎，御輪三周，下車曲顧者，防淫泆也。」

緜緜翼翼。

按：《常武》《載芟》之「緜緜」，韓《詩》皆作「民民」。《小旻》「緜之膴」，韓《詩》皆作「腜」。知四家《詩》字各有義例。

懿厥哲婦。

按：此借「懿」爲「噫」，與《十月之交》借「抑」爲「噫」同也。「抑」「懿」同在十二部，入聲。《大雅·抑》，《外傳》作《懿》。

舍爾介狄。

傳：狄，遠也。

按：以爲「逖」之假借。

不弔不祥。

箋云：弔，至也。

按：鄭作「𨑩」。

草不潰茂。

按：毛云「潰，遂也」，與「是用不潰于成」傳同。箋云「『潰』當作『彙』」，非。

職兄斯引。

傳：兄，茲也。

按：《桑柔》傳：「兄，茲也。」《常棣》傳：「況，茲也。」並同。韋昭《國語》注：「況，益也。」《說文》：「茲，艸木多益也。」

皇清經解卷六百三十二終　漢軍生員樊封校

詩經小學　卷四

金壇段大令玉裁著

頌

假以溢我。

按：《爾雅》：「溢、慎、謐，静也。」又「毖、神、溢，慎也。」《尚書》「惟刑之恤」，《史記》作「惟刑之静」。徐廣曰：「今文《尚書》作『惟刑之謐』。」此詩或作「謐」，或作「溢」，或作「恤」，皆静慎之意也。作「誐」作「何」作「假」，乃是異文。《左傳》引《詩》「何以恤我」，杜注云「逸詩」。不以爲此篇異文。朱子《集傳》合爲一，是也。而「文王之神何以恤我」，其訓非也。

維周之祺。

按：此從古本作「祺」。作「禎」者恐是改易取韻。鏞堂按：正義曰：「定本、《集注》『祺』字作『禎』。」是《毛詩》作「維周之禎」，三家《詩》作「惟周之祺」。《爾雅》：「祺，祥也。」某氏注引《詩》可證。

天作高山，大王荒之。

傳：大王行道，能安天之所作也。

按：此傳有脱文。當云：「大王行道能大之，文王又能安天之所作也。」鄭箋：「彼作，謂萬民。」毛公則仍承首句「作」字。正義云：「毛以爲大王居岐，長大此天所生者。彼萬民居岐邦築作宫室者，文王則能安之。」孔訓「彼作」失傳意，而可證毛傳有脱。「荒」訓「大」，「康」訓「安」也。《國語》鄭叔詹曰：「《周頌》『天作高山，大王荒之。』荒，大之也。大天所生，可謂親有天矣。」《荀子·王制篇》引《詩》「天作高山，大王荒之。彼作矣，文王康之。」楊倞注：「荒，大也。康，安也。言天作此高山，大王則能尊大之，文王又能安之。」《天論篇》引此詩，注亦云：「大王能尊大岐山。」皆可證。

既右饗之。

按：俗本作「享」，非。經典凡獻於上曰「享食」，所獻曰「饗」。如《楚茨》「以享以祀」，下曰「神保是饗」。此「我將我享」下曰「既右饗之」。《閟宫》「享以騂犧」下曰「是饗是宜」。尤顯然可證。

懷柔百神。

按：《宋書·樂志·宋明堂歌》謝莊造《登歌詞》，曰：「昭事先聖，懷濡上靈。」然則六朝時本作「懷濡百神」也。「柔」「濡」古音同，是假「濡」爲「柔」。當從《集注》本作「濡」。注《爾雅》者引「懷柔百神」，易其字也。鏞堂按：《毛詩》作「懷濡」，三家《詩》作「懷柔」。樊光注《爾雅》，引用皆非《毛詩》。

貽我來牟。

《説文》：「來，周所受瑞麥來麰。一束作「束」誤。二縫，象芒束之形。天所來也，故爲行來之來。

《詩》曰：『詒我來麰。』」

按：一束二縫，或作「一束二縫」，或作「一來二縫」，而正義引《説文》作「一麥二夆」，均不可解。攷《廣韻》引《埤蒼》作「一麥二稃」，亦有誤。當作「二麥一稃」乃合。「一稃二米」者，后稷之嘉穀也。「一稃二麥」者，后稷之瑞麥也。「三苗同穗」者，成王之嘉禾也。見《尚書大傳》。「旁出上合」者，漢時之奇木也。《説文》當作「二麥一稃」，「二」「一」互誤。「稃」「縫」者，音之譌。又从「束」者，象其芒束之形。「一束二稃」，言二麥同一穎芒也。

鞉磬柷圉。

《説文》：「敔，禁也。一曰：樂器椌楬也。形如木虎。从攴，吾聲。」

和鈴央央。

《東京賦》「和鈴鉠鉠」，李引《毛詩》「和鈴鉠鉠」。《玉篇》《廣韻》：「鉠，鈴聲。」

佛時仔肩。

傳：佛，大也。

按：此以「佛」爲「廢」之假借。古「廢」「佛」同音，《釋詁》：「廢，大也。」《四月》「廢爲殘賊」傳：「廢，大也。」用正字。此「佛時仔肩」，用假借字。箋云：「佛，輔也。」又以爲「弼」之假借。鏞堂按：此以「佛」爲「廢」之假借，《四月》則以「廢」爲「怢」之假借。古「廢」「佛」「怢」皆同部，聲相近。

莫子荓蜂。

《爾雅》：「甹夆，掣曳也。」

按：毛傳作「摩，曳」。《說文》：「摩，引縱也。」

有畧其耜。

《爾雅》：「䂮，利也。」《釋文》：「䂮，《詩》作『畧』。」

按：《說文》：「㓞，刀劍刃也。籀文作『䂮』。」

有俶其馨。

按：傳云：「飶，芬香貌。舊作「也」。俶，猶飶也。」「俶」字正取其香始升芬芳酷烈之意，與「飶」字相配。若作「椒」，爲物與「飶」字異類，傳不得云「猶飶也」。《詩》言「有苑」「有奭」「有鴒」「有敦瓜苦」「有俶其城」，句意皆同。今從沈作「俶」字。飶言香之貌也，俶言馨之貌也。

有捄其角。

當作「觩」。

不吳不敖。

按：《方言》：「吳，大也。」吳之爲大，於聲求之。大言爲吳，物之大者亦曰吳。屈賦「齊吳榜以擊汰」，王逸注：「齊，舉大櫂也。」

我龍受之。

傳：龍，和也。

按：此及《長發》，毛以「龍」爲「𪚱」之假借，故曰和也。

婁豐年。

今本作「屢」，《釋文》、唐石經作「婁」。宋婁機《班馬字類》引《詩》「婁豐年」。《角弓》釋文：「婁，本亦作『屢』。」

駉駉牡馬。

攷《周官》馬政，絶無郊祀朝聘有騭無騬之説。《校人職》云：「凡馬特居四之一。」鄭司農云：「三牝一牡。」康成云：「欲其乘之性相似也。」此云「凡馬」，兼指六種五路之馬。又康成計王馬之大數而引《詩》「騋牝三千」，何嘗謂五路之馬無騬歟？良馬通謂五路之馬。倘皆無騬，則通淫游牝，豈專爲騭馬？良馬豈皆騭母所生？康成何以云「種馬謂上善似母者」也？今俗以「騬」「騭」爲良，自是尚力五路之馬，皆不尚强。且《序》云：「牧于坰野。」傳云：「牧之坰野，則駉駉然。」正義云：「駉駉然腹幹肥張者，所牧養之良馬也。」經文作「牧」爲是。顔氏説誤。據《釋文》，則今本《説文》「駫」下引「駫駫四牡」，唐時本作「駫駫牡馬」，與今《詩》絶異。云《説文》作「驍」，不可攷。

在坰之野。

《説文》：「駉，牧馬苑也。《詩》曰：『在駉之野。』」

按：許意言「在駉之野」即「在野之駉」，倒句以就韻。

有驈有皇。

《爾雅》：「黄白，騜。」

按：《説文》「驈」下引《詩》「有驈有騜」，而無「騜」字。蓋或有闕遺。

薄采其茆。

《廣韻》三十一巧：「茆，鳧葵。《説文》作『茆』，音桺。」又四十四有引《詩》「言采其茆」。

狄彼東南。

按：《抑》「用逷蠻方」傳：「逷，遠也。」《左傳》「糾逖王慝」。

食我桑黮。

《説文》：「黮，桑葚之黑也。」

按：當同《衛風》作「葚」。

憬彼淮夷。

《説文》：「矍，讀若《詩》云『穬彼淮夷』之『穬』。」

按：《釋文》：「憬，《説文》作『懬』。」今《説文》「懬」下不引此詩，蓋「穬」當爲「懬」也。

閟宮有侐。

箋云：閟，神也。

按：《説文》：「祕，神也。」鄭以「閟」爲「祕」之假借。

稙稺菽麥。

郭注《方言》：「稺，古稚字。」《五經文字》云：「《説文》作『稺』，《字林》作『穉』。」《説文》「稙」下引《詩》「稙稚尗麥」。

實始翦商。

《説文》：「戩，滅也。」引《詩》「實始戩商」。

按：傳：「翦，齊也。」毛意正當作「前」。

保有鳬繹。

《尚書》及《説文》作「嶧」。《爾雅》：「屬者嶧。」

庸鼓有斁。

傳：「大鐘曰庸。」《爾雅》：「大鍾謂之鏞。」《説文》：「大鐘謂之鏞。」鏞堂按：《古文尚書》「笙庸以閒」，作「庸」，與《毛詩》合。又《爾雅》李巡注曰：「大鍾音聲大。鏞，大也。」孫炎注曰：「鏞，深長之聲。」是古本《爾雅》亦祇作「庸」。金旁蓋後來所加。

執事有恪。

《説文》作「愙」，从心，客聲。

既戒既平。

傳：戒，至。

按：此以「戒」爲「届」之假借字也。「届」訓「至」，而「戒」不訓「至」。「戒」在一部，「届」在十五部，異部假借也。《爾雅》：「艐，至也。」艐，《説文》讀若「莘」。郭注《方言》：「艐，古届字。」亦合二字爲一，本非一字也。

鬷假無言。

傳：鬷，總。假，大也。

按：言「鬷」爲「總」之假借字。鬷，釜屬。孔沖遠云：「鬷、總，古今字。」非也。又《禮記》：「嘏，長也，大也。」《卷阿》傳：「嘏，大也。」《賓筵》傳：「嘏，大也。」此本字也。《那》傳：「假，大也。」《烈祖》傳：「假，大也。」皆以「假」爲「嘏」之假借字也。《楚茨》傳：「格，來也。」《抑》傳：「格，至也。」此本字也。《雲漢》傳：「假，至也。」《泮水》傳：「假，至也。」《烝民》《玄鳥》《長發》義同此，皆以「假」爲「格」之假借字也。

奄有九有。

韓《詩》作「九域」。

按：「有」古音如「以」，「域」，爲其入聲。毛公曰：「囿，所以域養禽獸也。」囿、域亦於音求之。

受命不殆，在武丁孫子。

按：《大戴禮·用兵》篇引《詩》「校德不塞，嗣武于孫子」，盧注以爲逸詩，恐即二句之異文也。

邦畿千里。

《尚書大傳》：「圻者，天子之竟也。諸侯曰竟。」鄭注《周禮》：「方千里曰王圻。《詩》曰：『邦圻千里，惟民所止。』」見《路史・國名紀》、信《儀禮經傳通解續》。〔一〕

爲下國綴旒。

《説文》：「游，旌旗之流也。从㫃，汓聲。㫍，旌旗之流也。从㫃，攸聲。」無「旒」字。

敷政優優。

《説文》心部：「𢝊，愁也。从心，从頁。」夊部：「憂，和之行也。从夊，𢝊聲。《詩》曰：『布政憂憂。』」

按：俗以「憂」爲「𢝊愁」字。

不戁不竦。

傳：竦，懼也。

按：當作「愯」。《説文》：「愯，懼也。雙省聲。」

實左右商王。

〔一〕「信」下疑脱一「齋」字，參見楊復《儀禮經傳通解續》。

俗有佐、佑字，《説文》所無。

罙入其阻。

《説文》网部：「罧，周行也。从网，米聲。」引此詩。《五經文字》：「《説文》作『罧』，隸省作『罙』，見《詩》。」

按：今隸應作「罙」，各本作「冞」或作「罙」，誤。又《廣韻》：「罧，罟也。冞、罙入也，冒也，周行也。」分别誤。

方斲是虔。

傳：「虔，敬也。」箋云：「椹，謂之虔。」

按：《爾雅》「椹謂之榩」《釋文》：「榩，本亦作『虔』。」然則《爾雅》本有止作「虔」者。

工部都水司郎中臨川李秉綬刊

皇清經解卷六百三十三終　漢軍生員樊封校

毛詩補疏

（清）焦循 著
劉真倫 點校

目録

點校説明

《毛詩補疏》五卷，焦循著。

焦循（一七六三—一八二〇），字理堂，晚號里堂老人，揚州甘泉人。嘉慶六年（一八〇一），應鄉試舉人中式，明年入都會試，不第，即返鄉侍母。以母疾，不果出游，授徒於家。母卒，托疾閉户，不入城市者十餘年。建半九書塾、雕菰樓，讀書著述其中。焦循博聞强記，雅尚經術，於經史、曆算、聲韻、訓詁之學均有深入研究，尤長《易》學。著有《雕菰樓易學》三書（《易章句》《易通釋》《易圖略》）、《孟子正義》《六經補疏》《論語通釋》《里堂學算記》《雕菰集》等多種著述傳世。《清史稿·儒林三》有傳。

是書爲其《六經補疏》之一。焦循幼讀《毛詩》，即研求鳥獸草木蟲魚之學，終其一生研讀攻治《毛詩》不輟。自乾隆四十六年（一七八一）十九歲至嘉慶四年（一七九九）三十七歲，歷時十九年，六易其稿，完成《毛詩鳥獸草木蟲魚釋》十一卷、《陸璣疏考證》一卷。嘉慶八年完成《毛詩地理釋》四卷，又有《毛詩傳箋異同釋》若干卷。嘉慶十九年，删録《地理釋》、《草木鳥獸蟲魚釋》、《毛鄭異同釋》二十餘卷爲一編，至嘉慶二十三年增損爲《毛詩補疏》五卷。《毛詩補疏》爲其晚年學術成熟時期的産物，代表了焦循《毛詩》研究的最高成就。其説《詩》申毛黜鄭，以爲《毛傳》得温柔敦厚之旨爲多，漢人重氣節，故鄭箋多迂拙，不如毛氏。又以爲詩教「不言理而言情，不務勝人而務感人」。自宋明「理道之説起，人各挾起是非，以逞其血氣」，「以同爲黨，以比爲争」，「詩教之亡，莫此爲甚」（《毛詩補疏序》），此焦循説《詩》宗旨。

是書始刻於道光六年（一八二六），是爲半九書塾刻《焦氏叢書》本。本次整理，以《焦氏叢書》本爲校本，少量焦氏引書確實有誤且直接影響文義者，酌情取原書訂正。

劉真倫

毛詩補疏序

西漢經師之學，惟《毛詩傳》存，鄭箋之，二劉疏之，孔穎達本而增損爲正義，於諸經爲詳善。然毛、鄭義有異同，往往混鄭於毛，比毛於鄭，而聲音訓詁之間，疏略亦多。余幼習《毛詩》，嘗爲《地理釋》《草木鳥獸蟲魚釋》《毛鄭異同釋》三書，共二十餘卷。嘉慶甲戌莫春，删録合爲一書。戊寅夏，又加增損爲五卷，次諸《易》《尚書補疏》之後。録既完，客有善説《詩》者過余，曰：「孔子論《詩三百》，一言以蔽，曰思無邪，果何以爲無邪？誦《詩三百》，授之以政，果何以能達？使於四方，果何如而能專對？且何爲而興？何爲而觀？何爲而群？何爲而怨？何爲而事父事君？豈徒精審於聲音訓詁之間，辨别毛鄭異同之數，遂足以盡《詩》之教乎？」余默無以答。夫《詩》，温柔敦厚者也。不質直言之而比興言之，不言理而言情，不務勝人而務感人。自理道之説起，人各挾其是非，以逞其血氣，激濁揚清，本非謬戾。而言不本於性情，則聽者厭倦。至於傾軋之不已，而忿毒之相尋，以同爲黨，即以比爲争。甚而假宫闈廟祀儲貳之名，動輒千百人哭於朝門，自鳴忠孝，以激其君之怒，害及其身，禍於其國，全戾乎所以事君父之道。余讀《明史》，每歎《詩》教之亡，莫此爲甚。夫聖人以一言蔽《三百》曰思無邪，聖人以《詩》設教，其去邪歸正，奚待言？所教在思，思者，容也。思則情得，情得則兩相感而不疑。故示之於民則民從，施之於僚友則僚友協，誦之於君父則君父怡然釋。不以理勝，不以氣矜，而上下相安於正。無邪以思致，思則以嗟歎永歌手舞足蹈而致。《管子》曰：「止怒莫如《詩》。」劉向曰：「夫《詩》，思然後積，積然後流，〔一〕流然後發。」《詩》發於思，思以勝怒。以思相感，則情深而氣平矣。此《詩》之所以爲教與？雖然，訓詁之不明，則《詩》辭不可解。必通其辭，而詩人之旨可繹而思也。毛傳精簡，得《詩》意爲多。鄭生東漢，是時士大夫重氣節，而温柔敦厚之教疏。故其箋多迂拙，不如毛氏。則傳、箋之異，不可不分也。明日，以是復諸客，客以爲然，遂書之爲序。嘉慶二十三年夏六月既望，焦循録於雕菰樓之北窗。

〔一〕「流」，疑當作「滿」。參見《説苑・貴德》。

毛詩補疏　卷一

江都焦孝廉循著

《序》：故《詩》有六義焉：一曰風，二曰賦，三曰比，四曰興，五曰雅，六曰頌。

循按：六義，《春官》大師所教之六詩也。鄭司農云：「比者，比方於物。興者，托事於物。」鄭康成云：「比，見今之失，不敢斥言，取比類以言之。興，見今之美，嫌於媚諛，取善事以喻勸之。」《雄雉》刺衛宣公，《芄蘭》刺惠公，毛傳皆云「興也」，則比興不得以美刺分。正義言「美刺俱有比興」，是也。比方於物，正義謂「諸言如者皆比辭也」。托事於物，正義謂「取譬引類，起發己心，《詩》文諸舉草木鳥獸以見意者，皆興辭也」。又謂「比顯而興隱，毛傳特言興也，爲其理隱故也」。今考毛傳凡標「興也」之處，誠如正義所言。惟以比方爲諸言「如」者，其在經文，「如日之升」「如月之恒」「如匪行邁謀」「如彼飛蟲」之類，此仍行文取喻，無關《詩》之一義。且「秩秩斯干，幽幽南山」「如竹苞矣，如松茂矣」，明言「如」字而傳則標以「興也」，不得謂首二句無「如」字爲興，次二句有「如」字爲比也。其在《序》

云「言若螽斯」「仁如騶虞」，此二詩，傳未標「興」。然《序》又云「德如尸鳩」，則《鵲巢》傳云「興」矣。「信厚如麟趾之時」，則《麟之趾》傳云「興」矣。傳或言「興」，或不言「興」，原係舉隅，非謂不言興者即是比。故「燕燕于飛」，傳不言「興」，箋則明指爲「興」以補之。「日居月諸」，傳不言「興」，箋云「喻國君與夫人」，正義則申言「以興國君、夫人」以明之。箋每以「喻」釋傳之「興」，是喻即興也。然則比方於物不足以爲比，指以言「如」，未爲達也。竊謂「比」當如《春秋决事比》之「比」，比猶例也。歌詩必類。「相維辟公，天子穆穆，奚取於三家之堂。」列國賦詩，舉以相貺，比之謂也。賦詩者有此義，作詩者亦有此義。夫婦可例於君臣，田野可通之都邑。陳古即以例今，寫好反以見惡，庶幾其用神而其義廣也。識者參之。

關關雎鳩。

傳：關關，和聲也。雎鳩，王雎也。鳥摯而有別。

箋云：摯之言至也，謂王雎之鳥，雌雄情意至，然而有別。

循按：「箋」下有「云」字，蓋鄭氏自加「箋云」二字，以繫於傳也。傳以關關爲和，則摯非猛鷙，故箋以「至」明之。《釋文》：「摯，本亦作鷙。」或以猛鷙説之，謂王雎爲雕鷙。《廣雅》鶚、鵰、雕三者爲一，陸璣以雎鳩爲幽州之鷲。郭璞以爲江東之鶚，因以爲雕類，乃江東食魚之鶚，非雕鷲之鶚也。《説文》：「鵝，烏黑色，多子。」《史記·李將軍傳》「射雕」，《索隱》引服虔訓爲「鶚」，又引《説文》「鵝」以明之，又云「以其毛作矢羽」。《漢書·匈奴傳》云：「匈奴有斗入漢地，直張掖郡，生奇材木，箭竿就羽。」顔師古曰：「就，大雕也，黄頭赤目，其羽可爲箭竿。」此所謂幽州之鷲也。《穆天子傳》云：「爰有白梟、青雕，執犬羊，食豕鹿。」郭璞注云：「今之雕，亦能食麞鹿。」其《蒼頡解詁》云：「鶚，金喙鳥也，能繫殺麞鹿。」《御覽》九百二十六。此所謂雕鶚，正西域之鷲，郭氏自不以爲江東食魚之鶚。而張守節《史記正義》取而混合之，云「王雎，金口鶚也，好在江渚山邊食魚」，誤矣。然則江東之鶚何鶚也？嘗求之大江南北有好居渚沚食魚者，正呼爲鶚，爲五各反，即王之入聲。蓋緩呼之爲「王鴡」，急呼之爲「鶚」，此古之遺稱尚可求諸土語者。郭氏以其呼近「鶚」，故假諸雕鶚之字。曰「今江東呼之」，則不曰「西域呼之」可知也。洲渚之鶚亦不一類，其聲同，其食魚同，有白如鷺者，或以爲白鶴子。鶴與鶚聲近，假鶴之稱而實非鶴，猶假鶚之稱而實非鶚也。有尾上白兩翼微黑者稱漂鶚，大者爲牛矢鶚，微小而黑者稱苦鶚，即姑惡也。漂鶚又名魚鷹，以其善翔，故曰漂。漂與揚之義同，此白鷹所以有揚之稱與？尾短，飛則見尾之上白，斯所以稱白鷹也。其飛翔之狀似鷹，故食魚而獨得鷹名。《古今注》以爲「似鷹，尾上白」，而《説文》以王鴡訓白鷹，信有然矣。宋王性之《默記》云：「李公輔初任大名府檢驗，〔一〕村落見所謂魚鷹者飛翔水際。問小吏，曰：此關鴡也。宜曰：此鴡鳩。仲修令探取其窠，皆一窠二室，蓋雌雄各異居也。」鶚、鶴、惡皆假借字，皆讀五各反，爲「王」之入聲。不知「鶚」爲假借字，竟以「王鴡」爲「雕鷲」，而以「摯」爲猛鷙，失之矣。

窈窕淑女。

傳：窈窕，幽閒也。言后妃有關鴡之德，是幽閒貞專之善女。

箋云：言后妃之德和諧，則幽閒處深宮貞專之善女。

循按：經以「窈窕」爲女之淑，毛以「幽閒」解「窈窕」，慮「幽閒」不足明女之善，故申言「貞專」，惟「貞專」乃能「幽閒」。箋增「處深宮」三字於幽閒之下，亦以處深宮明其幽閒，非謂「窈窕」當訓以「處深宮」也。正義云：「窈窕者，淑女所居之宮形狀窈窕然。」失傳義，亦非箋義。

施于中谷。

傳：興也。施，移也。

箋云：興者，葛延蔓于谷中，喻女在父母家，形體浸浸日長大也。

〔一〕「輔」，疑當作「弼」。參見《默記》卷中。

循按：傳訓「施」爲「移」，故王肅推之云：「葛生于此，延蔓于彼，猶女之當外成也。」與箋較之，肅義爲長。正義合鄭於毛云：「下句『黄鳥于飛』喻女當嫁，若此句亦喻外成，於文爲重，毛意必不然。」竊謂此詩之興，正在於重。「葛之覃兮，施于中谷」與「黄鳥于飛，集于灌木」，同興女之嫁。葛移于中谷，其葉萋萋，興女嫁于夫家而茂盛也。鳥集于灌木，其鳴喈喈，興女嫁于夫家而和聲遠聞也。盛由於和，其意似疊而實變化，誦之氣穆而神遠。箋以中谷爲「父母家」，以延蔓爲「形體浸浸日長大」，迂矣。毛傳言簡而意長，耐人探索，非鄭所能及。

黄鳥于飛，集于灌木。

傳：黄鳥，摶黍也。灌木，叢木也。

循按：正義引陸璣《疏》，以摶黍與倉庚爲一物，蓋本《方言》以倉庚或謂之黄鳥。竊謂非也。《爾雅》：「皇，黄鳥。」此一物也。《爾雅》：「倉庚，商庚。鵹黄，楚雀。」又云：「倉庚，黧黄也。」此别一物也。毛傳於黄鳥訓摶黍，於倉庚訓離黄，不以倉庚爲摶黍，即不以黄鳥爲倉庚也。《説文》：「離黄，倉庚也，鳴則蠶生。」又云：「鵹，鵹黄也。一曰楚雀，其色黎黑而黄。」未嘗以爲黄鳥。鄭氏注《月令》，倉庚爲離黄。而《小雅》「黄鳥黄鳥，毋啄我粟」，箋云：「黄鳥宜食粟。」今不聞倉庚食粟也。《小雅》「緜蠻黄鳥」，傳云：「緜蠻，小鳥貌。」是毛以黄鳥爲小鳥。《特牲饋食禮》云：「佐食摶黍授祝。」《呂氏春秋・異寶》篇云：「以百金與摶黍以示兒子，兒子必取摶黍也。」小鳥之狀與色有如摶黍，故以名之。黍色黄，不雜以黎黑，斯黄鳥似之，直名爲黄。皇爲黄白，非黧黄之所可混矣。嘗以此詢之金壇段君玉裁，段君以爲然。且贊之曰：「黄鳥即黄雀，《國策》『黄雀俯啄白粒』，是可以證。」後見姚彦暉《詩識名解》，於《小雅・黄鳥》引其世父《九經通論》云：「此黄鳥，黄雀也，非黄鶯。黄鶯不啄粟。」彦暉名炳，其世父名首源。炳書成於康熙十五年。可以信余説爲不孤。

《爾雅》「灌木」，《釋文》作「樌」。樌，即貫。貨貝之散者貫而聚之，故貫之訓爲習。習者，重也。重亦聚義。鄭司農言「煮鬱」云：「十葉爲貫。」《玉海》引《尚書大傳》云：「三苗貫葉而生子爲一穗。」《白虎通》《韓詩外傳》作「貫桑而生」，《尚書》疏引《書》傳作「貫桑葉而生」。當以《玉海》爲正。宋時《尚書大傳》猶存。《淮南子・兵略訓》「條修葉貫」，諸言貫，皆義爲叢也。

陟彼崔嵬。

傳：崔嵬，土山之戴石者。

陟彼砠矣。

傳：石山戴土曰砠。

循按：傳與《爾雅》相反，必有一誤。《小雅・漸漸之石》「維其卒矣」，傳云：「漸漸，山石高峻。」箋云：「卒者，崔嵬也，謂山顛之末也。」《釋山》：「崒者，厜㕒。」崔嵬、厜㕒，音相通轉。戴者，冒於上之謂。山之峻削者，石露出於顛頂，而土繞其下，是土山戴石也。山卑而平者，土累其上，石骨出於四旁，是石山戴土也。故凡高峻皆謂之崔嵬。《説文》：「崒，危高也。厜㕒，山顛也。」又云：「砠，石戴土也。」「阢，石山戴土也。」「兀，山高而上平也。」《釋名》云：「石戴土曰岨，岨臚然也。土載石曰崔嵬，因形名之也。」皆與毛傳相發明。《廣雅》云：「伹，鈍也。」岨猶伹，石破出則鋭，土冒上則鈍矣。

我馬虺隤，我姑酌彼金罍。

箋云：我，我使臣也。我，我君也。

循按：傳不解「我」字，以「我」字無庸解。且兩「我」字緊相貫，而謂一我臣，一我君，非傳義。

螽斯羽，詵詵兮。

傳：詵詵，衆多也。

箋云：凡物有陰陽情欲者無不妒忌，維蚣蝑不耳。

循按：箋本《序》耳。然審《序》文，「言若螽斯」自爲句，「不妒忌則子孫衆多」，申言子孫衆多之所以然，非謂螽斯之蟲不妒忌也。傳但言「衆多」，亦無螽斯不妒忌之説。

公侯干城。

傳：干，扞也。

箋云：諸侯可任以國守，扞城其民。

循按：此箋申明傳義，殊無異同。正義言「鄭惟干城爲異」，非也。

公侯腹心。

傳：可以制斷公侯之腹心。

箋云：可用爲策謀之臣，使之慮無。

循按：「制斷公侯之腹心」即是「策謀慮無」，箋申傳，非易傳也。正義强分别之。

言秣其駒。

傳：五尺以上曰駒。

循按：《説文》：「馬高六尺爲驕。《詩》曰：『我馬爲驕。』」《釋文·株林》「乘駒」作「乘驕」，云：「音駒。沈云：或作駒字，是後人改之。《皇皇者華》篇同。」又「乘馬」下云：「下『乘驕』注『君乘驕』。」然則《株林》《皇皇者華》兩詩中之「駒」皆作「驕」，即鄭箋亦作「驕」。因經文是「乘我乘驕」，故箋以「六尺以下」解之。此傳「五尺以上」與《株林》箋「六尺以下」義同，則此「駒」亦是「驕」。若是駒，則馬三歲曰駣，二歲曰駒。六尺者固不名駒也。

遵彼汝墳。

傳：汝，水名也。

循按：《漢書・地理志》汝南郡定陵注云：「高陵山，汝水出，東南至新蔡入淮。過郡四，行千三百四十里。」潁川郡亦有定陵縣，注云：「有東不羹，莽曰定城。」南陽郡魯陽縣注云：「有魯山，滍水所出，東北至定陵入汝。又有昆水，東南至定陵入汝。」《續郡國志》潁川郡有定陵，汝南郡無定陵。劉昭注於潁川定陵引《地道記》云：「高陵山，汝水所出。」《水經》：「滍水出南陽魯陽縣西之堯山，東北過潁川定陵縣西北，又東過郾縣南，東入于汝。」余因論之：汝南之定陵即潁川之定陵，前漢有一縣而分隸兩郡者。《通典》汝南郡郾城縣有漢定陵故城，在縣西北。《太平寰宇記》許州舞陽縣引《地理志》言：「定陵城在縣北六十里。」《詩地理考》亦言：「定陵，今潁昌府舞陽縣。」定陵在漢，正當汝南、潁川兩郡之間，故分屬之。如甾川國有劇縣，應劭曰「故紀國」，今紀亭是。北海郡亦有劇，爲侯國。後漢省甾川國入北海郡。《郡國志》云：「北海郡劇有紀亭，古紀國。」又如固始屬淮陽國，寖屬汝南。後漢并固始於寖，入汝南。此一縣分兩縣而異名者。其他同名分隸，大約其一多爲侯國，光武時省併爲一，故僅存其一。若汝南潁川之定陵，後止存潁川是也。

潁川定陵至汝南新蔡何以有四郡？余爲論之。酈道元嘗爲魯陽太守，親驗汝水原流，詳於《水經注》中。言汝水西出魯陽縣之大盂山蒙柏谷，西即盧氏界也。其水東屈堯山西嶺下兩分，一水東遶堯山南爲滍水，一水東北出爲汝水。自酈説推之，滍、汝同出一源，滍亦汝也。班《志》於魯陽叙滍水至定陵入汝，於定陵叙汝入淮。蓋定陵以西統汝於滍也。杜預《春秋釋例》、郭璞《山海經注》並云：「汝出南陽魯陽縣大盂山，東北至河南梁縣，東南經襄城潁川汝南至汝陰褒信縣入淮。」《晉書·地理志》：「襄城郡，泰始二年置。汝陰郡，魏置。」在晉過郡六，在漢過郡四。班《志》言過郡四，自魯陽滍水數之也。如會稽郡錢唐，《志》言：「武林水東入海，行八百三十里。」錢唐至海無此里數，前人疑其誤。不知於太末縣下注云：「穀水東北至錢唐入江。」入江者，即合武林水也。八百三十里，則自太末至海數之矣。又如荆州，其川江漢。《志》於武都沮縣言：「沮水至沙羨入江，過郡五，行四千里，荆州川。」此蒙武都縣東漢水而言。河水出河關積石山，至章武入海，過郡十六。自金城數之，凡過天水、武威、安定、北地、朔方、五原、雲中、定襄、雁門、西河、上郡、河東、馮翊、河南、河内，已得十六。河内接壤者，魏郡也。於魏郡鄴縣注云：「故大河在東北入海。」於館陶縣云：「河水別出爲屯氏河，東北至章武入海，過郡四。」又於《溝洫志》互見之云：「於館陶分爲屯氏河，東北經魏郡、清河、信都、勃海。」以河内以上河流今古所同，魏郡以下故大河已不可見，屯氏河不可合古河而言，故於上言十六郡，於下言四郡，實過郡二十也。汝水、湛水相繼而過四郡，可例而推之矣。班氏之書言簡而該，其錯綜互見，本無不備。顏師古不知其意，於汝陽下取應劭曰：「汝水出弘農，入淮。」班氏自言魯陽，不言弘農也。《説文》言：「汝水出弘農盧氏，還歸山。」班《志》盧氏縣：「熊耳在東，伊水出東北。」然則漢時盧氏縣在伊水之南，與魯陽爲接壤。酈氏實目驗之，故謂魯陽大盂之西即盧氏界也。許慎、應劭所説與班雖異，而指實同。若《水經》言「出河南梁縣勉鄉西天息山」，此本《山海經》，非班義也。酈注於湛汝分流始言汝水趣狼皋山。狼皋，在梁縣西南六十里，見《太平寰宇記》。蓋汝水自魯陽越百餘里始至梁縣。《元和郡縣志》謂出魯山縣，是矣。謂出魯山縣之天息山，是又以魯陽之大盂混入勉鄉之天息也。《淮南・地形訓》：「汝出猛山。」猛與蒙柏長短讀，蓋蒙谷即猛山，而猛與盂形近而譌，大盂山即猛山也。高誘注云：「猛山，一名高陵山，在南定陵縣，汝水所出，東南至新蔡入淮。」「南定陵」者，「南」上當脱「汝」字。此據班氏，而未知其指。《荀子》言：「聞之不如知之。」殆聞而不知者矣。

魴魚赬尾。傳：赬，赤也。魚勞則尾赤。

循按：《爾雅》：「魴，魾。鯬，鯠。」《釋文》引《廣雅》云：「魾，鯬。」〔一〕又引《埤蒼》云：「鯬鯠，魾也。」郭璞以魴魾爲鯿，而鯬鯠未詳，蓋不以鯬鯠爲魴魾，與張揖異。《説文》：「魴，赤尾魚。」崔豹《古今注》云：「白魚赤尾者曰魧。」馬縞《中華古今注》作「白魚赤尾曰魟。」《玉篇》魚部：「魧，盱鬼切，魚名。魟，呼工切，魚名。」《廣韻》一東：「魟，白魚。」以此證之，宜作「魟」，作「魧」者誤也。今水中有一種白魚，尾正赤，俗呼紅僚魚。竊謂「紅」即「魟」，「僚」即「鯬鯠」之轉聲。《古今注》「白魚赤尾」即此。而《説文》以魴即鯬鯠，鯬鯠即魟，故以魴爲赤尾魚也。毛不云魴爲何魚，而云「勞則尾赤」，是尾赤非魴之本色，蓋以魴爲鯿，不以爲鯬鯠也。《説苑·理政》篇云：「夫投綸錯餌，若有若無若食若不食者，魴也。其爲魚也，博而味厚。」正爲今之鯿魚。魴之爲鯿，猶關西謂榜爲篇。見《説文》。《荀子·議兵篇》「旁辟私曲之屬」，楊倞注云：「旁，偏頗也。」偏之爲旁，又鯿之爲魴之證。鯿魚之尾本不赤，毛以魴爲鯿也。

維鵲有巢，維鳩居之。

傳：鳩，尸鳩，秸鞠也。尸鳩不自爲巢，居鵲之成巢。

〔一〕「鯬」下疑脱一「鯠」字，參見《爾雅音義》。

循按：《詩》止言鳩，何以知其爲尸鳩？以《詩》言居鵲巢而知之也。使居巢爲虛擬之辭，則泛言鳩矣，而何實其爲尸鳩？因居鵲巢知其爲尸鳩，猶因食桑葚知其爲鶻鳩也。崔豹《古今注》云：「鳲鴶，一名尸鳩。」嚴粲《詩緝》引李氏説云：「今乃鳲鴶也。」李氏未詳。鳲鴶，今之八哥。李時珍《本草綱目》云：「八哥居鵲巢。」蕭山毛大可亦據目所親驗，以八哥占鵲巢斷尸鳩爲鳲鴶。見《續詩傳·鳥名》。余書塾後柘顛有鵲巢，已而有卵自巢墜下，則鳲鴶卵。蓋鵲巢避歲，每歲十月後遷移，其空巢則鳲鴶居之。歐陽永叔作《詩本義》，已疑爲當時之拙鳥。蓋拙鳥即八哥也。《方言》以布穀爲秸鞠，而不以秸鞠爲尸鳩，别以尸鳩爲戴勝，義乖《爾雅》，郭璞已駁破之，而以尸鳩爲布穀。陳藏器《本草拾遺》言：「布穀，一名穫穀，江東呼爲郭公。」今郭公四月間有之，飛鳴繞市，未有居鵲成巢者。《列子·天瑞》篇言：「鷂之爲鸇，鸇之爲布穀，布穀久復爲鷂。」《月令》「鳩化爲鷹」，鄭氏注以鳩爲搏穀。高誘注《吕氏春秋·二月紀》云：「鳩，蓋布穀鳥。」鷹之所化，自非鳲鴶。毛以居鵲巢屬之尸鳩，而崔豹以鳲鴶爲尸鳩，實足以羽翼毛傳。而鳲鴶之居鵲巢，禽鳥之性，固歷千古不渝者也。

維鳩方之。

傳：方，有之也。

循按：「方」之訓「有」，其轉注有二。《商頌》「正域彼四方」，傳云：「域，有也。」《廣雅》：「𡖖，方也。」𡖖，同域。以「有」訓「方」，猶以「有」訓「域」，一也。《荀子·大略篇》云「友者所以相有也」，楊倞注云：「友與有同義。」《廣雅》云：「友，親也。」左氏昭二十年《傳》「是不有寡君也」，杜預注云：「有，相親有。」「方」之訓爲「並」，爲「比」，亦「親有」之義，二也。首章「居之」，就一身言也。次章「方之」，就與國君相偶言也。三章「盈之」，就衆媵姪娣言也。

于以采蘩，于沼于沚。

傳：蘩，皤蒿也。于，於。

箋云：于以，猶言往以也。執蘩菜者，以豆薦蘩菹。

循按：傳訓「于」爲「於」，在訓「蘩」爲「皤蒿」之下，明所訓是「于沼于沚」二「于」字也。然則「于以」之「于」何訓？故箋申言「于以，猶言往以」，訓在「蘩」字之上。正義云：「經有三『于』，傳訓爲『於』，不辨上下。」傳明示「于」在「蘩」下，何爲不辨乎？

喓喓草蟲。

傳：草蟲，常羊也。

循按：庶物之名，非以聲音，即以形狀。《淮南子·地形訓》「東南爲常羊之維」，高誘注云：「常羊，不進不退之貌。」《俶真訓》云：「不若尚羊物之終始。」《漢書・禮樂志》載《郊祀歌》云「幡比翄回集，貳雙飛常羊」，又云「周流常羊思所并」，顔師古皆訓爲「逍遥」。蓋「常羊」猶言「相羊」。「相羊」者，「逍遥」之轉聲也。草蟲名常羊，猶熒火名熠燿耳。

亦既覯止。

傳：覯，遇。

箋云：既覯，謂已昏也。《易》曰：「男女覯精，萬物化生。」

循按：《易》傳：「姤，遇也。」姤，一作遘，與覯通，故傳訓「覯」爲「遇」。箋以「既見」爲「同牢而食」，以「既覯」爲「覯精」，毛無此義也。

蔽芾甘棠。

傳：甘棠，杜也。

循按：休寧戴庶常云：「傳注莫先於《毛詩》，其爲書又出《爾雅》後。《爾雅》：『杜甘，棠。棃山，樆。榆白，枌。』立文少變。杜澀棠甘，而名類可互見。『杜，赤棠，白者棠』，以棠見杜。『杜甘，棠』，以杜見棠。《毛詩》『甘棠，杜也』誤，『枌，白榆也』不誤。杜甘曰棠，棃山生曰樆，榆白曰枌。」見其《荅江慎脩先生論小學書》。然以杜爲不甘，本陸璣《疏》耳。以是駁毛，恐未爲當。《召南》之詩在《爾雅》前矣。《詩》曰「甘棠」，《爾雅》以「杜」釋之。若《爾雅》「杜甘」爲句，則

《詩》之「甘棠」宜何讀與?

誰謂雀無角,何以穿我屋。

傳:不思物變而推其類。雀之穿屋,似有角者。

箋云:變,異也。人皆謂雀之穿屋似有角。

循按:以角穿屋,常也。無角而穿屋,變也。不思物之有變,第見穿屋而推之以尋常穿屋之事,則似雀有角矣。此傳箋之義也。正義云:「不思物有變,彊暴之人見屋之穿而推其類,謂雀有角。」經言「誰謂」,無所指實之詞。故箋云「人皆謂」,則非指彊暴之人矣。

委蛇委蛇。

傳:委蛇,行可從迹也。

箋云:委蛇,委曲自得之貌。

循按:《君子偕老》傳云:「委委者,行可委曲從迹也。」箋「委曲」二字,正取毛彼傳以解此傳「從迹」二字。

抱衾與裯。

傳:裯,襌被也。

箋云:裯,牀帳也。

循按：裯，音通於幬，字从周。周爲帀義。又裯之爲帳，猶惆之爲悵。箋易傳爲長。

一發五豝。

傳：豕牝曰豝。

一發五豵。

傳：一歲曰豵。

箋云：豕生三曰豵。

循按：《爾雅》：「豕生三豵，二師，一特，牝豝。」鄭司農注《大司馬》云：「一歲爲豵，二歲爲豝，三歲爲特，四歲爲肩。」毛氏《七月》「言私其豵」傳與司農同。《齊風·還》傳云「獸三歲曰肩」，《魏風·伐檀》傳云「三歲曰特」，皆與《爾雅》異。惟豝不用二歲之訓而用《爾雅》，箋以豵亦宜依《爾雅》，故易之也。《説文》云：「豵，生六月豚。一曰一歲豵，尚叢聚也。豝，牝豕也。一曰二歲能相把持也。豜，三歲豕肩相及者。」蓋物類之名，有定稱，有通稱。豕、麕、鹿，定稱也。豕牡稱豭，鹿牡亦稱麚，鹿之有力者稱豜，麕之有力者亦稱麉，通稱也。若豕生三爲叢聚之名，一歲豕尚幼，相叢聚，故亦名豵。及四歲而豕大矣，不叢聚而特行矣，故與生一之名同。此義之相通者也。豝爲把持之義，而豕牝同其稱者，《説文》：「已承戊，象人腹。」「巴，蟲也，或曰食象蛇，象形。」巴能食象，其腹必大。其字爲腹中有物之形。《爾雅》「蚆，博而頯」，郭注云：「中央廣，兩頭鋭。」此以形同大腹，〔一〕故得蚆稱。手之把物，猶腹之吞物而大，故把取義於巴。《方言》：「箭鏃廣長而薄廉謂之錍，或謂之鈀。」《廣韻》：「鈀，《方言》：江東呼錍箭。」此亦以鏃形中闊如大腹狀也。豕本大腹，而牝豕之腹尤大。二歲之豕大腹著見，故稱豝。而牝豕亦稱豝，亦義之相通者也。豕之爲物，一歲即大，不待二歲始能把持矣。

清經解卷一千一百五十一終

漢軍樊封舊校
臨桂周震泰南海鄒伯奇新校

〔一〕「同大」二字底本不清，據嘉慶間雕菰樓刊本補。

毛詩補疏　卷二

江都焦孝廉循著

我心匪鑒，不可以茹。

傳：鑒，所以察形也。茹，度也。

箋云：鑒之察形，但知方圓白黑，不能度其真僞。我心非如是鑒，我於衆人之善惡外内，心度知之。

循按：茹即謂察形。鑒可茹，我心非鑒，故不可茹。如可察形，則知兄弟之不可據，而不致逢彼之怒矣。箋迂曲，非傳義。

燕燕于飛。

傳：燕燕，鳦也。

循按：《爾雅》：「嶲周，燕。燕，鳦。」傳用以解《詩》，則「燕燕」不與「嶲周」連矣。《説文》：「嶲周，燕也。从隹，屮象其冠也。一曰：蜀王望帝婬其相妻，慙，亡去，化爲嶲鳥。故蜀人聞子巂鳴，皆起云：「望帝。」《說文》以「巂周」爲句，燕以解之。注文連上本字，古人著書多有此體，《白氏六帖》猶然，非以「周燕」解「巂」字，亦非「巂」下本有小「巂」字，後人芟去也。蓋讀《爾雅》「巂周燕」爲句，「燕鳦」爲句。孫炎別三名，舍人曰：「巂周名燕。句。燕又名鳦。」正與《說文》同。《吕氏春秋·本味》篇「巂觾之翠」，《初學記》引作「鷰」。蓋「觾」即「燕」字，此以「巂」爲「燕」之證也。望帝之說見於揚雄《蜀王本紀》，《證類本草》引其說，《說文》附見以備「巂」字一義，而以「一曰」二字別之，非謂子巂即燕也。《華陽國志》引《蜀志》云：「子鵑鳥，今云是巂，或曰巂周。」此直以巂周爲子規，與《說文》異。郭璞以巂周爲子規，自以燕燕爲乙之名。毛不言巂周，而以鳦解燕燕。與郭同，與孫炎、舍人異也。

差池其羽。

箋云：興戴嬀將歸，顧視其衣服。

循按：左氏襄二十二年《傳》云：「譬諸草木，吾臭味也，而何敢差池？」杜預注云：「差池，不齊一。」《左傳》之「差池」即此詩之「差池」。下章傳云：「飛而上曰頡，飛而下曰頏。飛而上曰上音，飛而下曰下音。」即差池之不齊也。蓋莊姜送歸妾，一去一留，有似於燕燕之差池上下者。箋言「顧視衣服」，其說已迂。至解「下上其音」，謂「戴嬀將歸，言語感激，聲有大小」，則益迂矣。正義絶無分別。

胡能有定。

傳：胡，何。定，止也。

箋云：君之行如是，何能有所定乎？

循按：正義云：「公於夫婦尚不得所，於衆事亦何能有所定乎？」傳、箋俱無「衆事」義。

爰居爰處，爰喪其馬。

傳：有不還者，有亡其馬者。

箋云：不還，謂死也，傷也，病也。今於何居乎？於何處乎？於何喪其馬乎？

循按：傳以「不還」解「爰居爰處」句也，言居處於彼而不得還。

與子偕老。

傳：偕，俱也。

箋云：從軍之士與其伍約。言俱老者，庶幾俱免於難。

循按：偕老，夫婦之辭。前「于以求之，于林之下」爲語，其家人之辭。此章王肅指室家男女言，未必非毛旨也。正義云：「卒章傳云『不與我生活』，言『與』是軍伍相約之辭。則此爲軍伍相約，非室家之謂。」此不足以破肅。蓋從軍者不得歸，欲其家人來求之，而與之偕老於此地。卒章言其不來求也。

濟盈不濡軌。

傳：由輈以上爲軌。

循按：軌在式前，故云「由輈以上」，與《考工記》「軓前十尺」合也。故《釋文》云：「依傳意，直音犯。」又云：「舊龜美反，謂車轊頭也。」又引《説文》云：「軌，車徹也。從車，九聲。龜美反。」車徹與轊頭同名軌，詳見《少儀》正義。若毛傳則自作「軓」，讀「犯」，如《釋文》説也。若軌與牡韻，軓與牡不韻，則當舍毛傳「由輈以上」之訓，從「轊頭龜美反」之軌。

招招舟子，人涉卬否。

傳：招招，號召之貌。舟子，舟人主濟渡者。

箋云：舟人之子，號召當渡者。人皆從之而渡，我獨否。

循按：此傳與箋迥異。首章傳云「由膝以上爲涉」，此章涉字與首章同，涉則不待舟也。招招舟子，乃我號召舟子，所以人不待舟而涉，我則待舟而不涉也。下二句傳云：「人皆涉，我友未至，我獨待之而不涉。以言室家之道，非得所適貞女不行，非得禮義昏姻不成。」是明以涉爲非禮，待舟爲得禮也。箋解「招招舟子」爲「舟子號召當渡者」，而以人涉爲應舟子之招而渡，是以涉爲乘舟矣，與毛義異。

采葑采菲，無以下體。

傳：葑，須也。菲，芴也。下體，根莖也。

循按：《齊民要術》云：「菘須音相近。」然則「須」即「菘」耳。「菘」字，漢前所無，惟作「須」。《吴録》言陸遜催人種豆菘。《齊書》：武陵王留王儉設食，盤中菘菜而已。又周彦倫説秋末晚菘。梁顧野王收之於《玉篇》。《本草別録》分蕪菁與菘爲二。《爾雅》：「須，葑從。」《説文》：「葑，須從也。」「須從」正爲「菘」字緩聲。《齊民要術》有種蔓青法，又有種菘及蘆菔法。言「菘菜似蔓青，無毛而大」。又引《廣志》云：「蕪青，有紫花者，白花者。」今驗圃蔬：秋冬生者肥大，食之甘，俗名白菜，此葑也。至春開黄花，根葉俱老，不堪食。四月後種者，小而不肥，俗呼爲蔓菜，亦呼毛菜，此其爲蔓青者矣。二者形以時判，實爲一類，然花皆黄色，無紫與白者。惟《方言》云：「其紫華者謂之蘆菔。」《説文》：「菔，蘆菔，似蕪青，實如小尗。」此今之來服，俗呼爲蘿蔔，與葑異物。《方言》以莖葉似蕪青附於葑，而以紫華別之，正以明葑華之不紫也。鄭氏注《天官·醢人·菁菹》云：「菁，蔓菁也。」注《公食大夫禮》云：「菁菹，莫菁菹也。」《急就章》云：「老菁蘘荷冬日藏。」顔師古注云：「菁，蔓菁也。一曰莫菁，亦曰蕪菁。言秋種蔓菁，至冬則老而成就，蓄藏之以禦冬也。」冬月爲菹，正是葑菜。今通呼爲青菜，猶古人稱菁之遺。《釋文》謂「江南有菘，江北有蔓菁，相似而異。」今之生江南者俗呼瓢兒菜，實即江北之白菜。地土有殊，形味稍別，而爲葑爲須則通稱耳。菲之爲芴，猶非之爲勿，余嘗會而通之。蟲之名蜚者一名盧蜰，則菜之名菲者即蘆葩也。蘆葩即蘆菔，與蔓青一類，故詩人並與舉之耳。《爾雅》「蘆葩」別條一名「葖」。葖，从突，與忽音近。忽、芴字通。《方言》云：「蓁，卒也。江湘之間凡卒相見謂之「蓁相見」，或曰突。」《廣雅》：「蓁，突，猝也。」蓁之爲突，即猶菲之爲葖。《説文》云：「𠫓，不順忽出也。」𠫓，即古突字。𠫓之爲忽，亦即葖之爲芴也。

行道遲遲，中心有違。

傳：遲遲，舒行貌。違，離也。

箋云：徘徊也。行于道路之人，至將離別尚舒行，其心徘徊然。

循按：徘徊申明違離之義，而所以説之者非也。行道遲遲，即孔子「遲遲吾行」之義，不欲急行也。所以然者，以中心有違，不欲行也。申爲徘徊是矣。乃又以「行道」爲「行於道路之人」，則非毛義。正義以「徘徊」爲異，而以「道路之人」云云羼入毛義中，兩失之。

湜湜其沚。

傳：涇渭相入而清濁異。

箋云：湜湜，持正貌。

循按：《説文》：「湜，水清見底。」傳言「清濁異」，以湜湜爲清也，無持正義。

昔育恐育鞫。

傳：育，長。鞫，窮也。

箋云：昔育，育稚也。昔幼稚之時，恐至長老窮匱。

循按：傳訓「育」爲「長」，則兩「育」之訓同耳。箋以上「育」字訓「稚」，下「育」字訓「長」，非毛義。正義辨毛鄭訓「穡」字爲異，於「育」字則混傳、箋爲一。

旄丘之葛兮，何誕之節兮。叔兮伯兮，何多日也。

傳：諸侯以國相連屬，憂患相及，如葛之蔓延相連及也。誕，闊也。日月以逝，而不我憂。

箋云：喻此時衛伯不恤其職，故其臣於君事亦疏廢也。叔伯，字也，呼衛之諸臣。女期迎我君而復之，可來而不來，女日數何其多也。

循按：毛義以誕節對日月其逝，日月其逝即日數之多也。蔓延相及與憂患相及對言，若曰：葛本宜延蔓相及，今乃疏闊其節；諸侯本宜憂患相及，今乃疏廢其日。正義謂葛節長闊，故得延蔓相連及，恐非。

匪車不東。

傳：不東，言不來東也。

箋云：女非有戎車乎？何不來東迎我君而復之。

靡所與同。

傳：無救患恤同也。

循按：毛義若曰：匪是車之不東，是不救患恤同也。箋解「匪車」迂曲，毛義不如是。

瑣兮尾兮，流離之子。

傳：瑣尾，少好之貌。流離，鳥也。少好長醜，始而愉樂，終以微弱。

循按：《爾雅》「少美長醜」之訓，列於「鳥之雌雄不可别」及「二足而羽謂之禽」之間，蓋泛言鳥之少好長醜者也。倉庚老則無毛，其音亦變，故呼爲黄栗留。栗留，猶離流也。離流，猶流離也。毛以少好喻愉樂，長醜喻微弱。陸璣以爲梟長而食母，非其義也。

有懷于衛，靡日不思。

箋云：懷，至也。

循按：傳不訓「懷」字義，以懷爲思耳。有思于衛，靡日不思。訓懷爲至，轉不達矣。

我思肥泉。

傳：所出同所歸異爲肥泉。

循按：《釋名》云：「所出同所歸異曰肥泉。本同出時所浸潤少，所歸各枝散而多，似肥者也。」肥，通飛，謂枝散而多，以肥爲飛也。《爾雅》：「泉歸異，出同流，肥。」歸異，即所歸異。出同流，即所出同。上文泲出不流，此言「出」，嫌於蒙上文之不流，故言流以別之。犍爲舍人不悉此指，解作「水異出，流行合同」。《水經注》乃以馬溝水注淇水爲肥泉，其水二源：一出朝歌城西北，一出東南。兩水合爲馬溝水，爲所出異、所歸同。與《爾雅》、毛傳俱相反。

政事一埤益我。

傳：埤，厚也。

箋云：有賦稅之事，則減彼一而以益我。

循按：傳不解一字，一即專一之義，言有政事則專厚益我，猶《孟子》所謂「我獨賢勞」也。鄭義迂曲，非毛義。

其虛其邪。

傳：虛，虛也。

箋云：邪，讀爲徐。

循按：虛，虛也。《釋文》云：「一本作：虛，邪也。」此正義亦云：「傳質，訓詁疊經文耳，非訓虛爲徐。」可知正義本作「虛，徐也」。傳以徐訓虛，箋讀邪爲徐。其虛其邪，猶云其徐其徐。其徐其徐，猶云徐徐。徐徐，猶舒舒。故箋以爲「威儀虛徐寬仁」也。《爾雅》作「其虛其徐」。班固《幽通賦》：「承靈訓其虛徐兮。」其虛徐，即用《詩》「其虛其徐」，而「邪」已作「徐」，在鄭前。毛直以徐訓虛，謂不特邪字是徐，虛字亦是徐。鄭氏則申明之，言邪讀爲徐。邪，同斜。《説文》斜讀荼。《易》「來徐徐」，子夏作「荼荼」是也。馬融解「徐徐」爲「安行貌」，即此箋所謂「寬仁」也。《淮南子·原道訓》注云：「原泉始出，虛徐流不止，以漸盈滿。」此虛徐正以徐徐言也。《大玄戾》：「初一，虛既邪，心有傾。測曰：虛邪，心傾懷不正也。」王弼解「徐徐」爲疑懼，曹大家解《幽通賦》爲狐疑，皆本此。在威儀容止則爲寬舒，在心則爲遲疑。虛徐之爲狐疑，即徐徐之爲疑懼。徐徐之爲安行，即其虛其徐之爲寬仁。於此知虛邪即徐徐。而毛以徐訓虛，實爲微妙。若以虛訓虛，成何達詁？《易》傳「蒙者，蒙也」「剥者，剥也」，上一字乃卦名，謂卦之名蒙、名剥，即取蒙、剥之義。未可援以爲訓詁之常例。若謂上虛是丘虛，下虛是空虛，以空虛之虛解丘虛之虛。顧以虛訓虛，曷以分其爲丘虛爲空虛？毛傳宜依正義作「虛，徐也。」《釋文》本作「虛，虛」，乃譌也。

不可讀也。

傳：讀，抽也。

箋云：抽，猶出也。

循按：顔師古《匡謬正俗》云：「讀，止爲道讀之讀，更訓爲抽，翻成難曉。按《説文解字》曰：『籀，讀也。今《説文》作「讀書也」。從竹，擂聲。』擂，即古抽字，是以籀或作䈾。蓋毛公以籀解讀，傳寫字省，故止爲抽。此當言『讀，籀也』，不得爲抽引之義。」以上顔氏説是矣。乃籀之義即同於抽，《説文》：「讀，誦書也。」讀之爲講，《初學記》引《廣雅》。猶瀆之爲溝。《風俗通》云：「瀆，通也，所以通中國垢濁。」《説文》：「涌，滕也。」《廣雅》：「涌，出也。」讀之爲誦，亦猶溝瀆之爲通，通亦涌也。讀、講、誦三字取於引申通達，故其義爲抽。始云「不可道」，次云「不可詳」，終云「不可讀」。道而詳，詳而讀。若讀仍是道，非其序矣。讀謂發明而演出之，故箋以「出」申毛耳。

蒙彼縐絺，是紲袢也。

傳：蒙，覆也。絺之靡者爲縐，是當暑袢延之服也。

箋云：展衣宜白。展衣，夏則裹衣縐絺。

循按：左思《蜀都賦》「累縠疊迹，叛衍相傾」，注引《莊子》曰：「何貴何賤，是謂叛衍。」李善引司馬彪《莊子注》云：「叛衍，猶漫衍也。」毛言「當暑袢延之服」，袢延，即叛衍。《釋文》：「袢，符袁反。」則袢、延二字疊韻。又讀「延」爲以戰反，則與「袢」讀去聲爲疊韻。袢延之服，蓋謂服之寬闊者。正義以爲袢延是熱氣紲袢，是泄去蒸熱之氣，非毛義，尤非《詩》義。《說文》：「袢，無色也。」箋云「展衣宜白，夏則裏衣縐絺」，展衣白，似與無色相合。紲之義爲繫。繫者，連續之謂。展衣蒙於外，其色白；縐絺在裏，其色亦白。是相連續以無色也。毛、鄭皆未訓「紲」字，蓋以紲爲繫不必訓，而毛以兩寬衍之服相繫耳。正義之說謬且俗矣。

爰采唐矣。

傳：唐，蒙，菜名。

循按：傳以「蒙」訓「唐」而申之曰菜名，於《小雅・女蘿》訓以「兔絲」而申之曰「松蘿」。松蘿非菜，是毛不以唐、蒙與女蘿、兔絲爲一物矣。《爾雅》：「唐蒙，女蘿。女蘿，兔絲。」宜是衍「女蘿」二字。

定之方中。

傳：定，營室也。方中，昏正四方。

箋云：定星昏中而正，謂小雪時。其體與東壁連正四方。

循按：營室昏正，惟十月小雪時。此時與東壁正方於中，故云方中。蓋營室二星、東壁二星合爲四星，未至十月小雪時，四星横斜，未得正方，惟小雪時昏中四星乃正方如口，故名娵訾之口。毛所云「昏正四方」者如是，故鄭申明之，以爲小雪時與東壁連也。

椅桐梓漆。

傳：椅，梓屬。

循按：《爾雅》《説文》皆以梓訓椅，而此傳言「梓屬」，以經文椅、梓並舉也。蓋椅爲梓之一種，梓爲大名，可以包椅，故《爾雅》云「椅梓」。如《釋魚》訓鱣爲鯉，而《周頌·潛》鱣、鯉並言。《説文》訓柘爲桑，而《月令》並言桑、柘是也。

升彼虚矣，以望楚矣。望楚與堂，景山與京。

傳：虚，漕虚也。楚丘有堂邑者。景山，大山。京，高丘也。

循按：《漢書·地理志》山陽郡成武：「有楚丘亭，齊桓公所城，遷衛文公於此。子成公徙濮陽。」又東郡濮陽：「衛成公自楚丘徙此。故帝丘，顓頊墟。」《後漢·郡國志》成武屬泲陰郡，注補云：「《左傳》隱七年：戎執凡伯於楚丘。」正義所引杜預注，即此隱七年注也。《晉·地理志》泲陽成武有楚丘亭，晉改泲陰爲泲陽，杜預時尚未改，故仍曰泲陰。杜於隱七年之「楚丘」及僖二年之「城楚丘」，並云「衛邑」，則固以齊之所城、戎之所伐爲一地，與班固同。康成東漢人，時成武屬泲陰，不屬東郡，而疑在東郡界中者。見正義引《鄭志》。蓋不以成武之楚丘爲衛之楚丘也。《水經注》：「菏水分泲於定陶東北，北逕己氏縣故城西，又北逕景山東，衛詩所謂『景山與京』者也。又北逕楚丘城西。《郡國志》曰：『成武縣有楚丘亭。』杜預云：『楚丘，在成武縣東南。』衛懿公爲狄所滅，衛文公東徙渡河，野處漕邑。齊桓公城楚丘以遷之，即《詩》所謂：『升彼墟矣，以望楚矣。望楚與堂，景山與京。』」此同於班《志》。惟鄭氏疑在東郡界中，未言何縣，亦未明載經注中，蓋未定也。《水經注》言：「濮水枝津上承濮渠，東逕鉏丘縣南。京相璠曰：『今濮陽城西南十五里有沮丘城。六國時沮、楚同音，以爲楚丘。』非也。」然則京相璠始以濮陽有楚丘，亦未指即文公所徙之楚丘。酈氏於古事舊蹟往往兩載，獨此直斥其非，則真非矣。至唐人作《括地志》，乃以爲在滑州衛南縣。《通典》及《元和郡縣志》皆於滑州言衛文公自漕邑遷於楚丘，即衛南縣。《太平寰宇記》於澶州衛南縣言「楚丘城在縣西北四里。《詩》曰：『定之方中，作于楚宫。』」引《城冢記》云：「齊桓公築楚丘之城，即此。」此本《括地志》之説。然於河南道宋州楚丘縣則又云：「古之戎州即己氏之城邑。景山在縣北三十八里，高四丈。空岡在縣北三十里，高一丈。蓋《詩》云『景山與京』也。又棠水在縣北四十五里，從單州成武縣入界，南行五里合泡溝。《詩》云『望楚與堂』也。又古楚丘城在縣北三十里，《詩》云『定之方中，作于楚宫』，《左傳》隱七年『戎伐凡伯于楚丘』，杜預注：『在泲陰成武縣西南。』」是兼兩地而言之。至歐陽忞《輿地廣記》辨成武之楚丘云：「漕、楚丘二邑相近。今拱州楚丘非衛之所遷，縣有景山、景岡，乃近人附會名之。」於是近世學者遂以楚丘在開州滑縣西，成武之楚丘在今曹縣，爲宋地，而戎之所伐與齊之所城竟分兩地。班《志》、杜注均不足憑矣。余因論之：閔公二年立戴公，廬於漕，齊桓公使公子無虧戍曹。僖公元年，諸侯城楚丘封衛，於是去曹而遷楚丘矣。十二年爲狄難，諸侯城衛楚丘之郛。十八年、二十一年狄皆侵衛。三十一年冬狄圍衛，衛遷于帝丘。是必帝丘可以避狄，故去楚丘而遷此。若楚丘在滑縣，則與帝丘接壤，相去不足百里。狄可圍楚丘於滑，獨不可圍帝丘乎？必不然矣。惟楚丘在成武，爲衛之東南，與宋、魯接壤，狄人出没於此。凡侵魯、侵宋、侵衛，皆在於此。帝丘西憑大河，北擁清濟，地近於漕，實遠於楚丘。自遷之後，狄乃移患於魯、宋。雖文公十三年乘衛侯在會，亦爲患於邊，不足爲衛難矣。故未遷則苦之，既遷且乘狄亂侵以報之。蓋狄雖無定，而出没之地亦有常處，河、濟之間，非其所及矣。然則襄公十年宋公享晉侯于楚丘，又何地乎？曰：即此楚丘也。杜預注戎伐召伯之楚丘爲衛地，爲泲陰成武，而此享晉侯之楚丘不注，所以明其爲一地。是時晉悼公與魯、衛、宋諸君會于柤，遂滅偪陽。柤與偪陽俱在漢彭城國，在今邳州之北。自此歸國，道經楚丘，蓋由衛渡河。晉文公伐曹，假道於衛，衛人弗許，還自南河濟。平時有事於徐兗之間，其必由衛明矣。時以偪陽與宋公，故宋享之。而道實不由宋，故享於衛之楚丘。不致晉侯於宋而享之者，尊晉也。楚丘，衛之舊都，城郭宫室必完美。享之於此，有行禮之地也。若享之而迂道至宋都，非所以待盟主。況衛君同會，假其地以酬與地之惠，何不可乎？自有鄭氏之疑，遂啓後人不信班《志》之漸。吾不謂然也。又按：《元和郡縣志》言：「隋開皇十六年置楚丘縣，屬滑州。後以曹州有楚丘，改名衛南。」學者信之。乃考《隋書·地理志》：東郡衛南：「開皇十六年置，大業初廢西濮陽入焉。又有後魏平昌、長樂二縣，後齊並廢。」絶無置楚丘之説。

載馳載驅。

傳：載，辭也。

箋云：載之言則也。

循按：《夏小正傳》云：「則者，盡其辭也。」「則」正是辭，故箋以申傳。正義云：「鄭惟『載之言則』爲異。」然則毛所謂辭者，何辭也？

言采其蝱。

傳：蝱，貝母也。

循按：《淮南子·氾論訓》「昬寍」，高誘注云：「昬讀《詩》曰『言采其莔』之莔。」《管子・地員》：「其山之旁有彼黄蝱。」此蝱即莔也。

我行其野，芃芃其麥。

傳：願行衛之野，麥芃芃然方盛長。

箋云：麥芃芃者，言未收刈，民將困也。

循按：毛言願行其野觀其麥，取義於行野，不取義於麥也。鄭言民困麥未收刈，取義於麥在野，不取義於行也。

考槃在澗。

傳：考，成。槃，樂也。

箋：有窮處成樂在於此澗者。

循按：《國語》：「成，德之終也。」鄭康成注「簫韶九成」云：「成，猶終也。」「成」字與下「獨」字相貫，謂終樂於澗阿而不出也。刺莊公之意全在「考」「獨」二字，詠之自見。言此終樂於澗阿者，碩人之寬大也，碩人之進於德也。《說文》：「諼，詐也。」欺詐爲諼之本義，毛不訓釋者，用本義也。當時衛國在朝之臣相率而爲欺詐，惟此碩人不肯與同群，所以至於以「獨寐寤言」自矢也。《詩》言此碩人所以以「獨寐寤言」自矢者，由於弗諼詐也。弗諼詐，所以無所過無所告也。箋言「窮處成樂」，已於詩意不達。至以「寬」爲「虛乏」，「弗諼」爲不「忘君惡」，「邁」爲「飢」，「軸」爲「病」，全非詩意。而正義乃云「毛傳所説不明」，妄矣。

齒如瓠犀。

傳：瓠犀，瓠瓣。

循按：《爾雅》作「瓠棲」，《説文》「棲」「西」爲一字，「棲」通「妻」。妻者，齊也。簡閲取乎齊，故《六月》「棲棲」爲「簡閲貌」。下文「戎車既飭」，飭即齊義也。葉生齊則盛，故梧桐之盛謂之萋萋。因而心之齊一亦謂之萋，「有萋有苴」箋云「盡心力於其事」是也。瓠中之子排列甚齊，故有「棲」稱，《詩》因以比齒之齊也。「犀」「棲」古多通用，如「棲遲」，《甘泉賦》作「遲迟」是也。

鱣鮪發發。

傳：鱣，鯉也。鮪，鮥也。

循按：《爾雅》主於訓詁，其不待訓者則不以列於篇。有因釋其牝牡飛踵之名而舉之者，如鵲雁麕鹿之類。否則不孤列，孤列非訓體也。或引《荀子》單、兼之義，以爲郭璞分鱣鯉各爲一物之證，是在《荀子·正名篇》。其説云：「單足以喻則單，單不足以喻則兼。」楊倞注云：「單，物之單名也。兼，復名也。喻，曉也。謂若止喻其物則謂之馬，喻其毛色則謂之白馬、黄馬之比。」楊氏此注甚明。蓋《荀子》單、兼之説，以命名而言，若訓釋則未有單舉本文不著一辭之理。《説文》鱣、鯉二字互訓。《尚書大傳》「江鱓大龜」，鄭氏注云：「鱓，或作鱣，鯉也。」《水經注・河水》篇「又南得鯉魚澗」：「《爾雅》曰：『鱣，鮪也。』出鞏穴，三月則上渡龍門，得渡爲龍矣，不則點頟而還。「鱣鮪也」宜是「鱣鯉也」。皆以鱣即是鯉。惟《周頌》鱣、鯉並舉，鄭箋以大鯉解之。崔豹《古今注》云：鯉之大者爲鱣。」又云：「兖州人呼赤鯉爲赤驥，青鯉爲青馬，黑鯉爲元駒，白鯉爲白騏，黄鯉爲黄騅。」鯉類非一，鱣爲鯉之一種，故以鯉名鱣耳。郭璞謂毛傳爲强合，正義未能辨也。

及爾偕老。

箋云：及，與也。我欲與女俱至於老。

循按：前「以爾車來」箋云：「女，女復關也。」以「女」解「爾」字，以「復關」指女。則「女」者謂男子也，「我」者婦人自我也。我欲與女俱至於老，婦人自言欲與男子偕老也。正義以爲婦人述男子謂己之辭，是「女」爲男子稱婦人，「我」爲男子自我矣。下「信誓旦旦」箋云：「我爲童女時，女與我言笑和柔。我其以信，相誓旦旦耳。」「女」「我」所屬分別甚明，而正義亦反之，經文遂迂曲不達。

檜楫松舟。

傳：檜，柏葉松身。

循按：《禹貢》作「栝」，栝、檜一聲之轉。《君子于役》傳云：「佸，會也。」《小雅》「間關」傳云：「括，會也。」《方言》：「秦晉之間曰獪，或曰姡。」鄭氏《女祝》注云：「禬，刮去也。」《釋名·釋兵》：「矢末曰栝。栝，會也，與弦會也。」《士喪禮》以組束髮爲鬠，又云「括髮以麻」。蓋會、栝皆「合」義，所以收弁爲會弁，所以收囊爲括囊，因而合二家之市則爲儈。檜之爲木，合松、柏二木而得此名，故謂之檜，而通於栝也。樅爲松葉柏身，亦取叢聚之義。叢聚，猶之會合也。

芄蘭之支。

傳：芄蘭，草也。

箋云：芄蘭柔弱，恒蔓延於地，有所依緣則起。

循按：息夫躬《絶命辭》云：「涕泣流兮萑蘭。」張晏云：「萑蘭，草也，蔓延於地，有所憑依則起。」臣瓚云：「萑蘭，泣涕闌干也。」此芄蘭指淚，而張晏直引毛、鄭解之。蓋芄蘭者，從橫四出之態，故淚之出、草之蔓皆有此名。芄蘭，猶云汍瀾也。見陸士衡《弔魏武帝文》。《太玄經》：「陽氣親天，萬物凡蘭。」此正蔓衍之稱矣。余嘗求之田野間，有所謂麻雀棺者，蔓生，葉長二寸，橢圓，上鋭，藤柔衍，斷之白汁出，實狀，如秋葵實而耎，霜後枯破，内盈白絨。準之《本草》諸家之説，此爲芄蘭也。雀梋乃雀瓢之遺稱，而「梋」音同「莞」，《爾雅》名雚，《説文》名莞也。

誰謂河廣，一葦杭之。

傳：杭，渡也。

箋云：誰謂河水廣歟？一葦加之，則可渡之，喻狹也。

循按：古今無以葦作舟之理。「一葦杭之」，謂一葦之長，即自此岸及彼岸耳。下言「不容刀」。「刀」爲小船，言河之廣尚不及刀之長，非謂乘刀而渡，則不謂乘葦而渡益顯然矣。「渡」與「度」通，《廣雅》與「嬴」、「俓」同訓「過」。以葦度河，非以葦渡人。正義云：「言一葦者，謂一束也。可以浮之水上而渡，若桴筏然，非一根葦也。」既失經義，亦失毛、鄭之義。箋言「喻狹」，則所謂「一葦加之則可以渡之」者，明謂加一葦於河即可俓過，未嘗言人乘於葦而浮於河也。束葦果可如筏，則廣亦可浮，何爲喻狹邪？

甘心首疾。

傳：甘，厭也。

箋云：我念思伯，心不能已。如人心嗜欲所貪口味，不能絶也。

循按：厭之訓爲飽爲滿。首疾，人所不滿也。思之至於首疾，而亦不以爲苦，不以爲悔，若如是思之而始滿意者，此毛義也。甘心至首疾而不悔，則思之不能已可知。雖首疾而心亦甘，則其思之如貪口味可知。鄭申毛，非易毛也。

焉得諼草。

傳：諼草，令人忘憂。

箋云：憂以生疾，恐將危身，欲忘之。

循按：崔豹《古今注》引董仲舒云：「欲忘人之憂，贈之以丹棘。」《説文》：「蕿，令人忘憂草也。《詩》曰：『焉得蕿草。』」重文作「萱」。《文選》注引《詩》作「焉得萱草」。以「忘憂」得有「諼」名，因「諼」而轉爲「蕿」「萱」，謂萱取義於諼可也，謂諼草非草名不可也。正義云：「諼訓爲忘，非草名。故傳本其意，謂欲得令人善忘憂之草，不謂諼爲草名。」不知傳言「令人忘憂」，正指萱草言。若「諼」僅訓爲「忘」，則「忘草」爲不辭。至於經義，正以憂之不能忘耳。箋言「恐危身，欲忘之」，殊失風人之旨，非毛義也。而正義直以「恐以危身」之説屬諸毛傳。

清經解卷一千一百五十二終

漢軍樊封舊校

臨桂周震泰南海鄒伯奇新校

毛詩補疏　卷三

江都焦孝廉循著

行邁靡靡。

傳：邁，行也。

箋云：行，道也。道行，猶行道也。

循按：「行」字之訓，或訓往，《釋名》所謂「兩足進曰行」也。或訓道路，《左傳》「斬行栗」，行栗，即道上之栗也。傳訓「邁」爲「行」，即是訓「行」爲「邁」。既言「行」又言「邁」，猶古詩言「行行重行行」耳。箋以「行」字訓「道」，蓋以邁既爲行，則行宜訓道。又恐人誤認，而申言「道行猶行道」，與毛義異也。

不流束蒲。

傳：蒲，草也。

箋云：蒲，蒲柳。

循按：正義云：「以首章言薪，下言蒲楚，則蒲楚是薪之木名，不宜爲草。故《易》傳以蒲爲柳。」然《周南》喬木之詩既以薪言楚，又以薪言蔞。蔞之爲草同於蒲，蒲草何碍於薪之有？《釋文》引孫毓云：「蒲草之聲不與戍許相協，箋義爲長。二蒲之音，未詳其異。」陸氏已疑之矣。箋之易傳，非爲此也。箋解「揚之水，不流束薪」云：「激揚之水至湍迅，而不能流移束薪。」若蒲草何不可移動？惟牡荆楊柳之木析之爲束，粗而且重，乃非激揚之水所流。毛以不流爲反辭，箋既易傳爲實辭，故易蒲草爲蒲柳耳。

中谷有蓷，暵其乾矣。

傳：暵，菸貌。陸草生於谷中，傷於水。

循按：正義云：「蓷草宜生高陸之地，今乃生於谷中，爲谷水浸之，故乾燥而將死。」竊疑水浸何轉乾燥將死？正義又云：「由菸死而至於乾燥，以暵爲菸也。」其三章「暵其濕矣」箋云：「鵻之傷於水，始則濕，中而脩，久而乾。」其説亦不明。余自壬戌家居，棲遲湖水之間。每歲水溢，凡花草蔬稻之類，水溢滅頂者即爛盡，惟高出於水，枝葉浮於水外，華而秀，秀而實，隨水而長，不遽爛死。俟水退去，或踣或立，值秋陽暴之，則立時枯委。目驗十數年，乃知凡草穀傷於水者，不菸於濕，而菸於乾。因歎詩人詠物之工。然則三章乃倒説：始而濕，繼而脩，繼而乾。非始之濕則不菸，非繼之脩則不俟乾而早菸，非終之乾則始雖傷於濕尚不至菸。脩即長也，不必解爲且乾矣。

尚無爲。

傳：尚無成人爲也。

箋云：言我幼稚之時，庶幾於無所爲，謂軍役之事也。

循按：「爲」之訓通於「用」，見《郊特牲》注。「爲」之文通於「僞」。見《秦風·采苓》正義。下「尚無造」傳云：「造，爲也。」「尚無庸」傳云：「庸，用也。」爲、造、庸三字義通。蓋謂其時風俗人心尚無詐僞自用之事成人爲者。《荀子》云：「可事而成之在人者謂之僞。」楊倞注云：「僞，爲也，矯也。凡非天性而人作爲之者皆謂之僞。」毛公承荀子之學，當即本其説以爲之説。「成人爲」者，言人所作爲而成之者也。鄭以爲軍役之事，「爲」之訓亦通於「役」，見《表記注》。故以軍役解「爲」字，然與毛義殊矣。正義不明其説，以傳言「尚無成人爲也」解作「庶幾無此成人之所爲」，且謂軍役之事申述傳意，是以「成人」爲「成人有德」之「成人」，大失毛旨。箋解「爲」爲「役」，則「庸」不可訓「用」，故改訓爲「勞」。勞之義通於役，用之義通於僞，毛、鄭固不同矣。

終遠兄弟。

傳：兄弟之道，已相遠矣。

箋云：今已遠棄親族矣。

循按：終之爲言盡也。傳、箋「已」字乃解「終」字。「終遠兄弟」者，已遠兄弟也。正義云「王終是遠於兄弟」，義轉晦。

毳衣如菼。

傳：菼，騅也，蘆之初生者也。

箋云：菼，薍也。

循按：菼、薍之訓見於《釋草》，不當重見於《釋言》。蓋鄭引《釋草》，而後人復摭取傳、箋之訓以附入《爾雅》。不然，何《釋言》兩訓，毛、鄭乃各當其一邪？

丘中有麻，彼留子嗟。

傳：丘中墝埆之處，盡有麻麥草木，乃彼子嗟之所治。

箋云：子嗟放逐於朝，去治卑賤之職而有功，所在則治理，所以爲賢。

循按：正義區分毛、鄭之異，謂傳義在未放逐之前，箋義在既放逐之後。細審之，未見其然。治職有功，乃箋之説。正義引入毛義，毛固無此義也。

無踰我里，無折我樹杞。

箋云：仲初請曰：「君將與之，臣請事之。君若不與，臣請除之。」

循按：《左傳》此爲公子呂之言，鄭引之誤耳。正義爲之辭云：「仲當亦有此言，故引之以爲祭仲諫。」迂矣。

將叔無狃。

傳：狃，習也。

箋云：狃，復也。

循按：正義云：「鄭惟以狃爲復，餘同。」謂此不同於毛也。又云：「《釋言》云：狃，復也。孫炎曰：狃忕前事復爲也。」復亦貫習之意，故傳以狃爲習。然則狃、習、復三字義實相成，而前乃以爲異，何邪？

《序》：公子素。

循按：公之子稱公子。鄭文公之子，詳見宣公三年《左傳》。子華、子臧皆不賢，得罪死。公子蘭即穆公。公子俞彌早卒。公子瑕爲洩駕所惡，奔楚，死於周氏之汪。公子士，僖二十年師師入滑，〔一〕後攝父事。朝楚，楚人酖之，死於葉。以諸公子考之，「士」與「素」聲相轉，公子素蓋公子士也。觀其入滑朝楚，非碌碌者，故能賦詩刺高克。楚人酖之，當亦忌

〔一〕「師入」二字，底本殘損，今據嘉慶本補。

其才，虞其得立也。素與華、瑕正同類。「士」爲「素」之變，或本「素」字，殘缺僅存上字頭，而譌作「士」。可用以互證。

明星有爛。

傳：言小星已不見也。

箋云：明星尚爛爛然，早於別色時。

循按：但見明星之爛，則小星已不見，兩説相成。箋言「別色」，假此二字言天未明耳。正義本《玉藻》之文而以早朝説之，箋未必有此義。

弋言加之，與子宜之。

傳：宜，肴也。

宜言飲酒。

箋云：宜乎我燕樂賓客而飲酒。

循按：肴，與殽同。《賓之初筵》傳云：「殽，豆實也。」《説文》：「肴，啖也。」「宜」字無「肴」義。上言「弋鳧與鴈」，此云「弋」，即上「弋」也。此言「與子宜之」，即下「宜言飲酒」之「宜」也。傳謂既弋既加，則宜用爲豆實以飲酒相樂，非以肴訓宜也。箋申毛義而云「宜乎我燕樂賓客而飲酒」，「宜乎」二字正承上「宜」字，知傳云「宜肴」，正宜此飲酒之肴也。後循按：《左傳》此爲公子呂之言，鄭引之誤耳。正義爲之辭云：「仲當亦有此言，故引之以爲祭仲諫。」迂矣。

將叔無狃。

傳：狃，習也。

箋云：狃，復也。

循按：正義云：「鄭惟以狃爲復，餘同。」謂此不同於毛也。又云：「《釋言》云：狃，復也。孫炎曰：狃忕前事復爲也。」復亦貫習之意，故傳以狃爲習。然則狃、習、復三字義實相成，而前乃以爲異，何邪？

《序》：公子素。

循按：公之子稱公子。鄭文公之子，詳見宣公三年《左傳》。子華、子臧皆不賢，得罪死。公子蘭即穆公。公子俞彌早卒。公子瑕爲洩駕所惡，奔楚，死於周氏之汪。公子士，僖二十年師師入滑，〔一〕後攝父事。朝楚，楚人酖之，死於葉。以諸公子考之，「士」與「素」聲相轉，公子素蓋公子士也。觀其入滑朝楚，非碌碌者，故能賦詩刺高克。楚人酖之，當亦忌

〔一〕「師入」二字，底本殘損，今據嘉慶本補。

傳：松，木也。龍，紅草也。

箋云：游龍，猶放縱也。橋松在山上，喻忽無恩澤於大臣也。

循按：橋松之義，傳、箋無明文。正義則分别之，言「毛以爲山上有喬喬之松木，鄭以爲山上有枯槁之松木」。所以爲喬、爲槁之别，則又不詳。《釋文》云：「橋，本亦作喬。毛作橋，王云『高也』；鄭作槁，枯槁也。」今爲推之：以首章傳言「高下大小各得其宜」，知橋之爲喬也。箋言「喻忽無恩澤」，無澤是枯槁也。《吕氏春秋・介立》篇引介子推所賦詩云：「四蛇從之，得其雨露。一蛇羞之，橋死于中野。」「橋死」對上「雨露」，則「橋死」正是「槁死」。然則橋自通有槁義，不煩改字也。傳以「紅」解「龍」，申之云：「草也。」箋連云「紅草」，毛不爾。

俟我乎巷兮。

傳：巷，門外也。

循按：《説文》云：「巷，里中道。从𨛜，从共，皆在邑中所共也。」五鄰二十五家爲里，衆户集聚，則兩畔皆屋門，東西相向。或南北。其間通行之路爲巷道，在里中，即在兩畔居民之門外。故傳以門外爲巷也。

子寧不嗣音。

傳：嗣，習也。古者教以《詩》樂，誦之歌之，絃之舞之。

箋云：嗣，續也。女曾不傳聲問我，以恩，責其忘己。

循按：以嗣音爲習音，不免拘蹙，非詩人之旨，箋故易之也。正義言易傳之故而舉下文「子寧不來」爲說，以爲下言不來，「不言來有所學，則此言不嗣音不宜爲習樂」，殊失箋義。《丘中有麻》首言「將其來施施」，次言「將其來食」，食與施施寧須一例邪？至「子寧不來」傳云：「不來者，言不一來也。」箋固無異辭。正義則分之，云毛意以爲責其不一來習業，鄭當謂不來見己，益爲拘俗矣。

方秉蕳兮。

傳：蕳，蘭也。

循按：《漢書·地理志》引《詩》云：「方秉菅兮」，顏師古注云：「菅，蘭也。」《一切經音義》引《聲類》云：「葌，蘭也。」又引《說文》云：「葌，香草也，出吳林山。」今《說文》本缺「香」字。《山海經·中山經》：「吳林之山，其中多葌草。」郭璞注云：「葌，亦菅字。」葌、蕳字同，「菅」其假借也。《太平御覽》引《韓詩傳》云：「三月桃花水下之時，士與女方秉蘭兮。秉，執也。當此盛流之時，衆士與衆女方執蘭而拂除。」又《後漢書》注引薛君《韓詩章句》云：「鄭國之俗，三月上巳之溱、洧兩水之上，招魂續魄，秉蘭草祓除不祥。故詩人願與所悦者俱往也。」《韓詩》直以「秉蕳」爲「秉蘭」，與毛不異。《釋文》引《韓詩》云：「蓮也。」此當爲《陳風》「有蒲與蕳」之注。陸德明誤載於此。

伊其相謔。

箋云：因相與戲謔，行夫婦之事。

循按：「謔」豈必是行夫婦之事？鄭之解經，每爲此汙褻之語。毛無是也。

贈之以勺藥。

傳：勺藥，香草。

箋云：其別則送女以勺藥，結恩情也。

循按：《釋文》引《韓詩》云：「離草也。言將離別，贈此草也。」《古今注》載董仲舒答牛亨問云：「勺藥，一名可離，故將別以贈之。」箋言「其別則送以勺藥」，蓋古之相傳然也。《廣雅》：「攣夷，勺藥也。」攣夷，即「離」之緩聲。《上林賦》云：「宜笑的皪。」《索隱》引郭璞云：「鮮明貌也。」又「明月珠子玓瓅江靡」，《索隱》引應劭云：「其光輝照於江邊也。」張衡《思玄賦》云：「離朱脣而微笑兮，顔的礫以遺光。」注云：「明貌。」左思《蜀都賦》云：「暉麗灼爍。」劉淵林注云：「艷色也。」《魏都賦》云：「丹藕凌波而的礫」，注云：「光明也。」勺藥之華，鮮艷外著。其稱勺藥，猶灼爍也。勺藥又爲調和之名。《上林賦》

云：「勺藥之和具而後御之。」文穎云：「勺藥，五味之和也。」韋昭云：「勺藥，和齊鹹酸美味也。」見《七發》注。枚乘《七發》云：「勺藥之醬。」張衡《南都賦》云：「歸雁鳴鵽，香稻鱻魚，以爲勺藥。」《呂氏春秋・本生紀》高誘注云：「鄭國淫辟，男女私會於溱、洧之上，有絢盼之樂，勺藥之和。」是則以詩人贈勺藥取義於和。鄭氏以「勺」與「約」同聲假借爲「結約」，故云「結恩情」。正義云：「贈送之勺藥之草結其恩情，以爲信約。」此最得箋義，而説之未明。古人「棗」取於「早」，「栗」取於「慄」，多假聲音以爲義。取勺藥爲結約，與取勺藥爲調和，其假借一也。

無庶予子憎。

傳：卿大夫朝會於君朝聽政，夕歸治其家事。「無庶予子憎」，無見惡於夫人。

箋云：庶，衆也。無使衆臣以我故憎惡於子。

循按：「卿大夫」以下十六字，自解「會且歸矣」句。「無見惡於夫人」，解「無庶予子憎」。推經義謂無多予子以憎，故定本作「與子憎」，「予」「與」同也。箋以「庶」指衆臣，「予」訓爲「我」，未必即毛義。

子之昌兮。

傳：昌，盛也。

箋云：昌，佼好貌。

循按：「昌」訓「盛」，其常也。《史記》引《臯陶謨》作「禹拜美言」。以「美」代「昌」，是「昌」有「美」義。佼好，即美之謂也。

必告父母。

傳：必告父母廟。

箋云：取妻之禮，議於生者，卜於死者。此之謂告。

循按：經言「父母」傳言「廟」者，以惠公、仲子俱歿，桓娶文姜，無父母可告，故以爲告廟耳。箋言「生」「死」，則廣其所未言也。

要之襋之。

傳：要，褄也。

循按：「要」爲身中之名，加衣作「褄」，則爲裳要。「褄」可省爲「要」，以「褄」訓「要」，明其非「要約」之「要」，爲「裳要」之「褄」也。《說文》無「褄」字，學者謂宜作「要，要也」，且引「虛，虛也」爲證。「虛，徐也」之爲「虛，虛也」，尚有兩本之疑，此「要，褄也」別無「要，要也」之文，徒以《說文》無「褄」，則《說文》亦無「蕳」，亦將改「蕳，蘭也」爲「蘭，蘭也」乎？正義明云「字宜從衣」，故云「要，褄也」。毛公時自有「褄」字，「褄」可訓「要」。要訓要，無所爲訓矣。《易》傳「蒙者，蒙也」「比者，比也」「剥者，剥也」，上爲卦名，以字義釋卦名，非他訓詁可例。如以「要」訓「要」，以「虚」訓「虚」，吾不知上字何指，下字又何指？顧上一字即指經文之「虚」字、「要」字，又以「虚」字、「要」字解之，人何知之？不如不解矣。如云上一字爲「丘虚」、爲「身要」，下一字爲「空虚」、爲「裳要」，則經之本文固不爲「丘虚」、爲「身要」。今强坐之而爲此模糊鶻突之解，恐古無是體也。《説文》「巳巳也」，上爲「巳午」之「巳」，下爲「已止」之「已」，亦未可證。

桑者閑閑兮。

傳：閑閑然，男女無別往來之貌。

桑者泄泄兮。

傳：泄泄，多人之貌。

循按：閑閑，當以《皇矣》篇「閑閑」參之。泄泄，當以《板》篇「泄泄」參之。臨衝閑閑，傳訓「動摇」。此言「往來之貌」，亦動摇意也。泄泄，猶沓沓也。噂沓背憎，傳云：「噂猶噂噂，沓猶沓沓。」《釋文》：「噂，《説文》作『僔』，聚也。」沓，《説文》云：「語多沓沓也。」語多、人多正相近。《邶風》「泄泄其羽」，傳云：「雄雉見雌雉飛，而鼓其翼泄泄然。」此「泄泄」，《海賦》作「洩洩」，爲飛翔之貌。《左傳》「其樂也洩洩」，和樂亦合義。則雉飛之「泄泄」，正取於「沓沓」。沓者，合也，《廣雅》作「𩀌𩀌」。

胡瞻爾庭有縣鶉兮。

傳：鶉，鳥也。

循按：山井鼎《七經孟子考文》作「小鳥也」。鶉之爲鳥，人所共知。此獨訓「小鳥」，明其爲「鷂鶉」之「鶉」。《莊子·徐無鬼》云：「未嘗好田，鶉生于宎。」本是詩以爲說也。

從子于鵠。

傳：鵠，曲沃邑也。

循按：成十三年《左傳》：「焚我箕郜。」郜，蓋即鵠。

椒聊之實，蕃衍盈升。

傳：椒聊，椒也。

箋云：椒之性芳香而少實，今一捄之實蕃衍滿升，非其常也。

循按：「一捄」二字，訓「聊」字也。經言「椒聊」，是言椒之捄，故依其文解之爲「一捄之實」。正義未得此旨，蓋以聊爲語助故也。《爾雅·釋木》：「朻者聊。」朻即謂捄。《本草經》云：「蔓椒，一名家椒，與蜀椒別。」陶隱居云：「俗呼爲樛。」樛即朻字。傳言「椒聊，椒也」，固不以聊爲語助。

遠條且。

傳：言聲之遠聞也。

循按：詩以椒氣之遠長比桓叔聲譽之遠聞，而聲譽之遠聞則由德之廣博。毛傳簡妙。箋於前章明之云：「椒之氣日益遠長，似桓叔之德彌廣博。」又解「碩大無朋」云：「大謂德美廣博也。」是聲之遠由於德之廣。德而有朋則私而不厚，惟無朋故篤厚，惟篤厚則所及者遠。故傳於次章末明「椒聊」「遠條」之所喻也。《樂記》「感條暢之氣」，暢之義爲長，故條有長義。《考文》作「脩」，非是。

其葉湑湑。

傳：湑湑，枝葉不相比也。

其葉菁菁。

傳：菁菁，盛也。

箋云：菁菁，稀少之貌。

循按：毛讀「湑湑」爲「疏疏」，故爲不相比。「湑」之爲「疏」，猶《巾車》注讀「疏」爲「揟」也。鄭讀「菁菁」爲「精精」。故爲稀少。《廣雅》訓「精」爲「小」。李善注《文選·風賦》云：「精，與菁古字通。」《小雅》「零露湑兮」傳云：「湑湑然，蕭上露貌。」此亦謂疏疏也。

瀼瀼則蕃，泥泥則霑濡，濃濃則厚。由疏少而蕃，言露珠也既溼於蕭，不見珠粒，見霑濡矣。霑濡之始尚薄，既而則厚，知首章以疏言也。

胡不佽焉。

傳：佽，助也。

箋云：何不相推佽而助之。

循按：次、且一聲之轉。佽之爲助，猶趦之與趄。正義謂「非訓次爲助」，以「佽」爲「古次字，欲使相推以次第助之。」此據箋「推佽而助之」説以解傳也。然傳明以「助」訓「佽」，箋以「推」「佽」並言。《儒行》注云：「推，舉也。」舉，猶與也。《周禮・師氏》注：「故書舉爲與。」《易》「物與无妄」虞仲翔注：「與，猶舉也。」與，猶助也。見《戰國策》、《吕氏春秋》注。以「推」明「佽」，正是以「助」明「佽」耳。

羔裘豹袪。

傳：袪，袂也。本末不同，在位與民異心。

箋云：羔裘豹袪，在位卿大夫之服也。

循按：此傳、箋異義也。毛以裘與袪本末不同，比在位與民異心。鄭以「羔裘豹袪」實指卿大夫之服而言。

豈無他人，維子之故。

箋云：此民，卿大夫采邑之民也。故云豈無他人可歸往者乎？我不去者，乃念子故舊之人。

豈無他人，維子之好。

箋云：我不去歸往他人者，乃念子而愛好之也。民之厚如此，亦唐之遺風。

循按：采邑者，世禄之家。民爲采邑之民，則非一世，所以有故舊之念。此時卿大夫困苦其民，是大夫之於民已不念故，而民則念故也。是大夫之於民已不念好，而民則念好也。大夫愈困苦其民，民愈念故念好，故曰「民之厚如此」。此箋之義也。正義云：「箋以民與大夫尊卑縣隔，不應得有故舊恩好。是此卿大夫采邑之民，以卿大夫世食采邑，在位者幼少未仕之時，與此民相親相愛，故稱好也。」求之於箋，絶非此義。

今者不樂，逝者其耋。

傳：耋，老也。八十曰耋。

箋云：今者不於此君之朝自樂，謂仕焉。而去仕他國，其徒自使老。

循按：秦仲有車馬禮樂之盛，秦人極言其樂耳。逝，謂年歲之逝，言時易去而老也。以樂爲仕，以逝爲去國，此鄭之説也，非毛義也。

公之媚子，從公于狩。

傳：能以道媚於上下者。冬獵曰狩。

箋云：「媚於上下」者，謂使君臣和合也。此人從公往狩，言襄公親賢。

循按：以道媚於上下之人，則必不從君於非禮。今日之狩而媚子從之，蓋以天子所命王國之典禮，非尋常田獵之比也。傳訓「冬獵曰狩」，明此狩之爲典禮耳。箋言「襄公親賢」，非毛義。

駕我騏馵。

傳：騏，騏文也。

循按：《釋文》：「騏，音其，馬騏文也。」正義云：「色之青黑者名爲綦。馬名爲騏，知其色作綦文。」然則毛傳本作「騏，綦文也」，陸本作「騏，文」，與正義本不同。今正義本作「騏，文」，則陸本也。乃《曹風・尸鳩》「其弁伊騏」，傳云：「騏，騏文也。」《釋文》：「騏，音其，綦文也。」則陸本彼處正作「綦，文」，與此正義同。而《尸鳩》正義云：「馬之青黑色者謂之騏。此字從馬，〔一〕則謂弁色如騏馬之文也。」則彼正義轉作「騏，文」。余爲論之：

〔一〕「馬」，原作「焉」，據嘉慶本改。

《尸鳩》作「騏，騏文也」，《小戎》作「騏，綦文也」，正義本不誤。陸於《尸鳩》作「綦，文」，《小戎》作「騏，文」，當互誤耳。何也？《小戎》之「騏」，馬也。馬名騏，正不知騏爲何解，而漫訓以「騏文」。騏爲何騏？文將焉附？惟綦爲青黑色之名，《鄭風》「縞衣綦巾」傳已訓云：「蒼艾色。」則此云「綦文」，知其爲蒼艾色之文矣。綦而曰文者，蒼艾則兩色相合，相雜爲文。《説文》云：「騏，馬青驪，文如博棋也。」棋黑白各半，其布於局，則二色相錯。是馬之色蓋青與黑圓迹相雜，故曰「青驪，文如博棋」。馬青黑色名駽，青黑而文若鱗者名驒，緐鬣者又名騄。騏之異在文如博棋，故曰「綦文」。綦文，即「棋文」也。《尸鳩》之「騏」，弁也。弁之文如騏馬之文，故名騏弁。而傳以騏馬之文明之，以綦文見馬之色，以騏文見弁之色。以「騏文」明「騏弁」之文可也，以「騏文」明「騏馬」之文不可也。知《小戎》傳必作「綦文」。正義是而《釋文》非也。

騧驪是驂。

傳：黃馬黑喙曰騧。

循按：《爾雅》云：「白馬黑脣，駩。黑喙，騧。」騧，冒上白馬爲名。孫炎本「駩」作「犉」，言「與牛同稱。」見《爾雅·釋文》。犉本黃牛黑脣之名，《爾雅》「白馬」，疑古作「黃馬」，故毛傳云「黃馬」也。犉爲黃馬黑脣之名，故《小雅》傳準此，謂犉爲黃牛黑脣。《説文》：

「騧，黄馬黑喙。」亦作「黄」，不作「白」。郭璞言「淺黄色」，蓋調停於黄白之間，恐非古義。

《序》：蒹葭，刺襄公也。未能用周禮，將無以固其國焉。

循按：《蒹葭》《考槃》皆遯世高隱之辭，而《序》則云「《考槃》刺莊公」「《蒹葭》刺襄公」。此説者所以疑《序》也。嘗觀《序》之言「刺」，如《氓》《静女》刺時，《簡兮》刺不用賢，《芄蘭》刺惠公，《匏有苦葉》《雄雉》刺衛宣公，《君子于役》刺平王，《叔于田》《大叔于田》刺莊公，《羔裘》刺朝，《還》刺荒，《著》刺時不親迎，《葛屨》刺褊，《汾沮洳》刺儉，《十畝之間》刺時，《伐檀》刺貪，《蟋蟀》刺晉僖公，《山有樞》《椒聊》刺晉昭公，《有杕之杜》刺晉武公，《葛生》《采苓》刺晉獻公，《宛丘》刺陳幽公，《蜉蝣》刺奢，《尸鳩》刺不壹，《祈父》《白駒》《黄鳥》刺宣王，《賓之初筵》，衛武公刺時，《魚藻》《采菽》《黍苗》《隰桑》《瓠葉》刺幽王，《抑》，衛武公刺厲王。求之《詩》文，不見刺意。惟其爲刺詩而詩中不見有刺意，此三百篇所以温柔敦厚，可以興，可以觀，可以群，可以怨也。後世之刺人一本於私，雖君父不難於指斥，以自鳴其直。學《詩三百》，於《序》既知其爲刺某某之詩矣，而諷味其詩文，則婉曲而不直言，寄托而多隱語。故其言足以感人，而不以自禍。即如《節南山》《雨無正》《小弁》等作，亦惻怛纏綿，不傷於直，所以爲千古事父事君之法也。若使所刺在此詩中即明白言之，不待讀《序》即知其爲刺某人之作，則何以爲「主文譎諫而不訐、温柔敦厚而不愚？」二語，李行脩説。「人之多辟，無自立辟。」洩治所以見非於聖人也。宋明之人不知《詩》教，士大夫以理自持，以倖直抵觸其君，相習成風，性情全失，而疑小序者遂相率而起。余謂小序之有裨于《詩》，至切至要，特詳論於此。

有條有梅。

傳：條，槄。梅，柟也。

循按：《爾雅・釋木》云：「柚，條。」《説文》亦云：「柚，條也，似橙而酢。《夏書》曰：『厥包橘柚。』」毛傳作「槄」。以《詩》考之，詩爲《秦風》，宜詠其土地所出。柚貢於揚州，渡淮而北，即化爲枳。見《列子・湯問》篇。作「槄」爲是。又以《説文》考之：古「由」「舀」二字相通，《鄭風》「左旋右抽」，《説文》手部引之作「左旋右搯」。然則从「舀」从「由」，本可相通。《廣雅》：「迪，蹈也。」蹈，足从「舀」。迪，辵从「由」。二字爲訓，亦一證矣。《説文》無「槄」而有「柚」，柚即槄也。別有「櫾」字，《列子・湯問》篇言柚之狀，而字正作「櫾」。然則橘柚之柚，宜作「櫾」，而條柚之柚即「槄」字。條槄，猶條柚也。《説文》以「昆侖河隅之長木」訓「櫾」，以「似橙味酢」繫「柚」字下，又引《禹貢》「橘柚」爲不可通於「槄」。或曰：槄、柚既相通，則曷不以毛傳之「槄」爲橘柚之「柚」，如《埤雅》人君道化之説。《埤雅》云：「柚渡淮而爲枳，梅變而成杏。今終南之所生，有條有梅，而材實成焉。山之所以美化，乃在乎此。以譬，則人君以道化也。」然條爲橘柚，是必梅爲英梅。今傳訓「梅」爲「枏」，則毛義自以「槄」釋「條」，不作「橘柚」解也。《詩》言梅者四：《召南》《小雅》皆無傳，此與《陳風》皆訓「枏」。《召南》「其實七」「其實三」，《小雅》與栗並稱嘉卉，則豆實乾潦之梅，《説文》「某，酸果也」是也。《説文》梅、枏二字互訓。《史記·司馬相如傳》注云：「枏葉似桑。」顔師古注《漢書》云：「枏，今所謂楠木是也。」陸璣《疏》於《摽有梅》，言「杏類，暴乾爲腊，置羹臛齏中」。於「有條有梅」，言「皮葉似豫章，荆州人曰梅。」分别甚明。郭璞注「梅枏」云：「似杏實酢」，此直以薦豆和羹之實爲枏木實矣。《南山經》「虖勺之山其上多梓枏」郭璞注云：「枏，大木，葉似桑。今作楠。」《爾雅》以爲梅，此是也，注《爾雅》誤耳。《説文》以「似橙而酢」屬諸柚條，與郭璞以「似杏實酢」屬諸梅枏，其誤同矣。

有紀有堂。

傳：紀，基也。堂，畢道平如堂也。

箋云：畢也，堂也，亦高大之山所宜有也。畢，終南山之道名，邊如堂之牆然。

循按：《釋文》云：「紀，亦作屺。」正義云：「《集注》本作『屺』，定本作『紀』。」紀乃屺之假借字也。毛公於「陟屺」訓「山有草木」，於此訓「基」。余爲論之：前「有條有梅」以草木言，此「有紀有堂」以平地言。終南雖高峻，其平處亦有屺有堂。屺、堂，無草木者也。

以此證彼無草木爲屺，有草木爲岵。毛傳當與《爾雅》《説文》同。《爾雅·釋丘》：「畢，堂牆。」謂畢爲堂之牆。堂爲畢中間之道，中間道平如堂，兩畔崖高如牆。毛云「畢道平如堂」，據其平處解經之堂也。箋因傳言「畢」，故用《爾雅》解「畢」爲兩邊之如牆。云「道平如堂」，云「邊如堂之牆」，互相發明，兩無不足。堂本平，定本作「平如堂」，正義云「畢道如堂」，有「平」字與否，一也。經云「有屺有堂」，正以平處無草木言之矣。

《序》：黄鳥，哀三良也，國人刺穆公以人從死。

箋：從死，自殺以從死。

臨其穴，惴惴其慄。

傳：惴惴，懼也。

箋云：秦人哀傷此奄息之死，臨視其壙，皆爲之悼慄。

循按：三良之死，以爲自殺者，應劭注《漢書》云：「秦穆公與群臣飲酒酣，言曰：『生共此樂，死共此哀。』於是奄息、仲行、鍼虎許諾。及公薨，皆從死。」箋謂三良自殺從死，故以惴惴爲秦人臨視其壙者爲之悼慄。然《序》稱穆公以人從死，則殺三良者乃穆公。《左傳》亦言以子車氏之三子爲殉，與《序》合。毛訓「惴惴」爲「懼」，「自」謂三良。若秦人臨三良之壙，止宜哀不必懼。誠是三人許諾自殺，且已死而臨其壙，何欲百身以贖之？《左傳》

言：「秦收其良以死，君子知秦之不復東征。」秦蒙毅對使臣云：「昔者秦穆公殺三良而死，故立號曰繆。」三子非自殺審矣。王仲宣、曹子建均有詩。曹以臨穴爲登三良墓之人，王則以臨穴呼天爲三子之妻子兄弟，皆從箋而推之耳。

於我乎，夏屋渠渠。

傳：夏，大也。

箋云：屋，具也。

循按：傳不解「屋」，謂屋宇也。夏屋，謂寢廟。古燕食之禮行於寢廟，言夏屋舉燕食之地也。正義謂言飲食之事不得言屋宅，不知徒言飲食，轉無以見其爲燕食也。

宛丘之上兮。

傳：四方高中央下曰宛丘。

循按：《爾雅》：「宛中，宛丘。丘背有丘爲負丘。」又云：「丘上有丘爲宛丘。」丘上有丘，即丘背有丘。宛丘既曰「宛中」矣，不應又混於負丘。「丘上有丘爲宛丘」七字當是羨文。《釋名》：「中央下曰宛丘，有丘宛宛如偃器也。涇上有一泉水亦是也。」此發明「宛中」之訓，若絶無「丘上有丘」之説者。郭璞以「丘上有丘」之羨文解「宛中」爲「中央高峻」，非其義矣。《爾雅·釋山》又云：「宛中隆。」注以爲「山中央高」，亦非也。《説文》：「宛，屈草自覆也。」宛有屈義，蓋丘雖高而中有屈曲，望之如龍蛇蜿曲。凡丘山中央高者，丘即名丘，山即名山，無别名也。惟中央宛曲，則在山爲隆，在丘爲宛丘。且凡從「宛」之字均有「曲」義，馬屈足爲「踠」，貌委曲爲「婉」，日將莫爲「晼」。「晼」爲目深，謂目上下高中深，正與「宛丘」同。屨之庳者爲「鞔」，削物爲「剜」，小孔貌爲「惌」，皆取於卑坳，可爲「宛丘」例矣。隆從降從生，故亦有屈曲之義。《方言》云：「車枸簍，或謂之篷籠，或謂之隆屈。」郭注以爲車弓。車弓即蓋弓，弓之爲狀，中央宛曲，車蓋似之。《釋名》云：「弓，穹也，張之穹隆然也。簫弣之間曰淵。淵，宛也，言宛曲也。」弓之形，高下屈曲，故曰穹隆，曰宛曲，蓋弓似之曰隆屈。司馬相如《大人賦》説赤螭青蛇之狀曰「宛蜒低卬」，又曰「詘折隆窮」。宛中之名宛，名隆，義得相通，於此可會也。

東門之枌。

傳：枌，白榆也。

循按：白色之名，通作「分」聲。粉爲鉛所成，其色白。羊之白者名羒。《素問·六元政紀大論》「寒雰結爲霜雪」，〔一〕王冰云：「雰，音紛。寒雰，白氣也。」蓋分訓别，古讀若

〔一〕「六」，原誤作「天」，今據嘉慶本校改。

「班」,與「白」爲一音之轉。而白之於五色,亦主分別之義也。

越以鬷邁。

傳:鬷,數。

箋云:鬷,總也。

循按:《召南》「素絲五總」,傳云:「總,數也。」《商頌》「鬷假無言」,傳云:「鬷,總也。」箋本傳以申之。

鴟鴞鴟鴞。

傳:鴟鴞,鸋鴂也。

循按:傳於「予口卒瘏」下解云:「手病口病,故能免乎大鳥之難。」是傳以鴟鴞爲小鳥也。《韓詩外傳》云:「鴟鴞,鸋鴂,鳥名也。鴟鴞所以愛養其子者,適所以病之。愛養其子者,謂堅固其窠巢。病之者,不知托於大樹茂枝,反敷之葦蔄。風至蔄折巢覆,有子則死,有卵則破,是其病也。」《文選》注。《說苑》載客說孟嘗君云:「臣嘗見鷦鷯巢於葦之苕,鴻毛著之,已建之安,工女不能爲,可謂完堅矣。大風至,則苕折卵破者,其所托者使然也。」二説相類,而一云鷦鷯,一云鸋鴂,是鸋鴂即鷦鷯也。《荀子·勸學篇》云:「南方有鳥,名曰蒙鳩,以羽爲巢,編之以髮,繫以葦苕。風至苕折,卵破子死。巢非不完也,所繫者然也。」蒙鳩，猶言懱雀。謝侍郎墉云：「蒙鳩，《大戴禮》作『蛖鳩』，《方言》作『蔑雀』。蒙、蛖、蔑一聲之轉，皆謂細也。」侍郎刻輯校《荀子》二十卷。鷦鷯，即鷦鷺，《說文》以訓桃蟲，郭璞以爲桃雀，故《易林》云：「桃雀竊脂，巢於小枝，摇動不安，爲風所吹。」則桃蟲、鷦鷯、鷄鳩，一物也。物之以鳩稱者，多通名鷯。伯趙名百鷯，又名鳩。蟬名蛉蚗，又名蛁蟟。此鷦鷯一名鷄鳩，亦其類矣。

有敦瓜苦，烝在栗薪。

傳：敦，猶專專也。烝，衆也。言我心苦事又苦也。

箋云：瓜之瓣有苦者，以喻其心苦也。烝，塵。栗，析也。言君子又久見使析薪，於事尤苦也。古者聲栗、裂同也。

循按：以栗爲析，箋易傳也。瓜之苦喻心苦。「烝在栗薪」何以喻事苦？《釋文》引《韓詩》作「⿱艹漻」。⿱艹漻，即「蓼」字。《周頌》「予又集于蓼」，毛傳云：「言辛苦也。」蓼爲辛苦之菜，而瓜繫於其上，故喻心苦事又苦。心苦，謂瓜瓣之苦。事苦，謂集於蓼之苦。毛本當作「烝在蓼薪」，與《韓詩》同。鄭所見本已作「栗」，遂讀爲「裂」，以析薪爲實指所苦之事，失毛義。傳以「敦」爲「專專」，謂專於此而不移也。箋云「專專如瓜之繫綴焉」，亦非以「專專」爲瓜蔓。前章「敦彼獨宿」箋云「敦敦然獨宿於車下」，即用此專專之說也。正義謂「敦是瓜之繫蔓之貌，故轉爲專，謂瓜繫於蔓專專然」，亦未明。

赤舃几几。

傳：几几，絇貌。

箋云：屨赤舃几几然。

循按：《説文》手部：「掔，固也。讀若《詩》『赤舃掔掔。』」已部：「巹，讀若《詩》云『赤舃己己。』」几，有踞義。舃上之絇取義於「拘」，在屨頭，所以爲行戒。其象拘直，故曰「几几」。拘直即有固義，几几、掔掔同也。張仲景《傷寒論》云：「太陽病，項背强几几。」項背强則拘直，不能左右動摇，正與屨上絇相似。仲景用「几几」二字，正同於《詩》。撰音釋者以「几几」音殊，《説文》卷三有几字云：「鳥之短羽，飛几几也，象形，讀若殊。」此與「項背强」之義不合，注仲景書者誤也。《廣雅》以「几几」爲「盛貌」，蓋見毛傳以赤舃爲人君之盛屨，故以「几几」爲盛。然毛以几几狀絇，其狀物之工，未之能喻也。

清經解卷一千一百五十三終

漢軍樊封舊校

臨桂周震泰南海鄒伯奇新校

毛詩補疏　卷四

江都焦孝廉循著

周道倭遲。

傳：周道，岐周之道也。倭遲，歷遠之貌。

循按：《漢書・地理志》右扶風郁夷注云：「《詩》『周道郁夷』」，師古曰：《小雅・四牡》之詩曰：『四牡騑騑，周道倭遲。』《韓詩》作『郁夷』字，言使臣乘馬行於此道。」考《文選・西征賦》注：「《韓詩》『周道威夷』，薛君《章句》云：『威夷，險也。』」此詩《釋文》云：「《韓詩》作『倭夷』。」然則《韓詩》不作「郁夷」，亦不以爲地名。班《志》引《詩》，蓋以縣名「郁夷」取於《詩》之言「郁夷」。「郁」從「有」聲，與洧、鮪同。則古讀與「倭」近，故倭、威、郁通。非《詩》之「郁夷」即漢縣之郁夷也。顔師古不明班氏之恉，謂郁夷即是周道之名，韓、毛皆不然矣。又班《志》言齊地云：「臨菑名營丘，故齊詩曰：『子之營兮，遭我乎嶩之間兮。』又曰：『竢我於著乎而此。』亦其舒緩之體也。」營，《毛詩》作「還」，爲便捷之貌。《韓詩》作

「嫙」，好貌。營、還、嫙通。《志》謂丘之取名爲「營」，猶《詩》稱「子之營」，非謂「子之營兮」即是營丘。其謂「齊詩」，謂齊國之詩，非三家齊轅固生之《齊詩》。其引「俟我於著」與「遇我乎嶩之間」，見其從容言語，故爲舒緩之體。而顔師古則云：「《毛詩》作『還』，《齊詩》作『營』。之，往也，言往適營丘而相逢於峱山。」又云：「著，地名，即濟南郡著縣也。」「子之營」與「子之茂」「子之昌」並言，「俟乎著」與「俟乎堂」「俟乎庭」並言，營、茂爲地名，茂、昌、堂、庭，其亦地乎？不足辨也。「嶩」蓋「峱」之別體。《釋文》言崔靈恩《集注》作「嶩」。靈恩，爲《毛詩》者也。作「嶩」者，非轅固生之《詩》也。《齊詩》魏代已亡，師古因班氏表「齊詩」之目，故臆謂《齊詩》作「營」，望其文而爲之辭耳。他如「汝墳」，傳訓「墳」爲「大防」，《水經注》以「濆」爲「濦水」。「爰有寒泉，在浚之下」，傳言「浚衛邑」，寒泉則不可知者也。《水經注》謂「瓠子水會濮水，東逕浚城南，西北去濮陽三十五里。城側有寒泉岡，即《詩》所謂。」《通典》因謂寒泉在濮陽縣東南，有古浚城。《太平寰宇記》則謂寒泉阪在開封浚儀縣西六十里，即《詩》之寒泉，其水冬夏常冷。歐陽忞《輿地廣記》亦云：「開封縣有浚溝，《詩》所謂浚郊、浚都，祥符縣北有浚水寒泉陂。」不知後世名岡名陂，取號於古，不得轉以之證古也。《元豐九域志》開德府有旄丘，曹州濟陰郡冤句四鄉有瀰溝。《太平寰宇記》言冤句縣大瀰溝，即《詩》「出宿于濟，飲餞于禰」。箋言「干言猶涉禰，未聞遠近同異」。而《寰宇記》

引《趙記》：「柏人有干言山，在邢州堯山縣，即《隋·地理志》襄國郡内丘之干言山。」乃《寰宇記》又言：「澶州衛縣有干城，即《衛》詩『出宿于干』。」「思須與漕」，箋第云「自衛而來所經邑」。《水經注》：「濮水逕長垣祭城濮渠，又東逕須城北。」劉昭注《郡國志》，言衛作新臺，在東郡陽平縣北。《水經注》謂「河水東逕鄄城縣北，河之南岸有新城，南岸有新臺鴻基，衛宣公所築。」劉昭又引《博物記》：「桑中在東郡。」《通典》汲郡衛縣有上宫臺。程大昌《演蕃露》則謂孟子之滕，館於上宫引《詩》「要我乎上宫」。《太平寰宇記》又謂澶州臨河縣復關堤在縣南三百步黄河北岸，《衛》詩「乘彼垝垣，以望復關」即此。凡此皆後世名，不足以釋《詩》。

況也永歎。

傳：況，兹。

箋云：雖有善同門來兹，對之長歎而已。

循按：《出車》箋解「僕夫況瘁」云：「況，兹也。御夫則兹益憔悴。」用此傳之訓而申云「滋益」，則是況之訓爲滋益，滋、兹皆有益義也。《邶風·泉水》「兹之永歎」，以此傳推之，「兹之永歎」，猶云「況也永歎」。乃《泉水》箋云：「兹，此也。思此而長歎。」此箋云：「來兹對之長歎而已。」雖用傳訓「況」爲「兹」，而仍解「兹」爲「此」，則與傳異義也。《晉語》

丕豹對里克曰：〔二〕「今子曰中立，况固其謀。」韋昭注云：「况，益也。」《孟子》：「而况得而臣之乎？」言友且不可，而益而爲臣，得乎？　即滋益不止之辭。

伐木丁丁，鳥鳴嚶嚶。

傳：丁丁，伐木聲也。嚶嚶，驚懼也。

箋云：丁丁嚶嚶，相切直也。言昔日未居位，在農之時，與友生於山巖伐木，爲勤苦之事，猶以道德相切正也。嚶嚶，兩鳥聲也。

伐木許許。

傳：許許，柹貌。

循按：傳以「丁丁」爲伐木聲，「嚶嚶」爲驚懼，則因伐木而驚懼，因驚懼而遷喬。既遷於喬，又呼其友，故傳解「嚶其鳴矣，猶求友聲」云「君子雖遷高位，不可以忘其友朋」，至此始言及友朋。但言不可忘友，「相切直」之義，箋言之，傳無之也。至箋言「昔日未居位在農之時」，此亦汎説。王義則云：「鄭以爲此章追本文王幼少之時結友之事，言文王昔日未居位之時，與友生伐木於山阪。」文王幼時何曾爲農？　又何伐木之有？　首章「伐木丁丁」

〔二〕「豹」，疑當作「鄭」，參見《國語·晉語二》。

與「鳥鳴嚶嚶」相貫，二三章言伐木，第因首章而類言之。正義云：「毛以爲伐木其柹許許然，故鳥驚而飛去。」傳以「驚懼」明「嚶嚶」，非明「許許」也。

有酒湑我，無酒酤我。坎坎鼓我，蹲蹲舞我，迨我暇矣。

箋云：王有酒，〔一〕則泲莤之。王無酒，酤買之。爲我擊鼓坎坎然，爲我興舞蹲蹲然。王曰：「及我今之間暇。」

循按：五「我」字一貫，爲屬文之法。鄭氏拙於屬文，而以上四「我」字爲族人，下一「我」字爲王。正義謂傳亦然，誣矣。

俾爾戩穀。罄無不宜，受天百禄。降爾遐福，維日不足。

傳：戩，福。穀，禄。罄，盡也。

箋云：天使女所福禄之人，謂群臣也。遐，遠也。天又下予女以廣遠之福，使天下溥蒙之。

循按：「俾爾戩穀」直謂「予爾福禄」，「俾爾遐福」直謂「予爾遠福」，不必增出臣民，箋義非傳有也。盡無不宜横言之，維日不足縱言之。

〔一〕「王有」二字，底本殘損，今據嘉慶本補。

我出我車。

箋云：上「我」，我殷王也。下「我」，將帥自謂也。

循按：鄭氏不明屬文之法，每於「我」字破碎解之。若一「我」殷王，一「我」將帥，豈復詩人之旨？傳不然也。

陟彼北山，言采其杞。王事靡盬，憂我父母。

箋云：杞非常菜也，而升北山采之，托有事以望君子。

循按：父母，即君子之父母。上章「我心傷悲」，箋言「念其君子」，故此章因念君子，言君子未歸，不特我念之，並我父母亦憂之。正義則以爲婦人稱夫爲父母，引《日月》「父兮母兮」爲證。乃《日月》「父兮母兮」之文，箋云：「已尊之如父親之如母，乃反遇我不終。」彼箋義謂詩極言之，非真以夫爲父母。然且未必當詩人之旨，亦非必合毛傳之義。若此詩直云「憂我父母」與「父兮母兮」，辭氣已自不同，此詩無容極言之也。正義引《日月》箋以當此詩傳、箋之義，於此失之，並失彼箋之義也。

魴鱧。

傳：鱧，鮦也。

循按：毛傳於「鱣」訓「鯉」，於「鰋」訓「鮎」，則「鱧」亦必訓「鯇」。正義言諸本或作「鱧鯇」，是唐初之本有作「鯇」者是也。改「鯇」爲「鮦」，緣郭注而誤耳。鮦自是鱶，與鱧別。鱶自爲首戴七星之魚，非鱧也。

北山有萊。

傳：萊，草也。

循按：《爾雅》：「釐，蔓華。」《説文》：「萊，蔓華也。」萊、釐古字通。《詩》「貽我來牟」，劉向《封事》引作「貽我釐牟」，《書》「帝告釐沃」一作「來沃」是也。釐，即藜，故《玉篇》以「藜」訓「萊」。《月令》：「孟春行秋令，藜莠蓬蒿並興。」《管子·封禪》篇云：「嘉禾不生，而蓬蒿藜莠茂。」蓋田畝荒穢，故生此諸草。《十月之交》言「汙萊」，《周禮·地官》言「萊田」。蓋不耕治，則荒草生藜莠之類也。言萊以概諸草。正義以爲草之總名，則非矣。

《序》：有其義而亡其辭。

循按：他《序》首言章句，如正義標「《南有嘉魚》四章，章四句，至『共之』」。可知章句舊在《序》首，後人分係各篇之末也。六笙詩不言章句，而係之云：「有其義而亡其辭。」然則《小序》作於笙詩既亡之後，故六詩之序，均就篇題爲解，所謂有其義也。

汎汎楊舟，載沈載浮。

傳：楊木爲舟，載沈亦浮，載浮亦浮。

箋云：舟者，沈物亦載，浮物亦載。

循按：傳、箋明以「載」爲承載之載。汎汎，浮也。傳兩「亦浮」解「汎汎」，言此楊舟無論所載者爲沈物浮物，而皆汎汎也。箋恐「載沈載浮」之説不明，故以沈浮爲所載之物，可謂明矣。乃正義引「載馳載驅」之例，以「載」爲「則」，又謂「傳言『載沈亦浮』，箋云『沈物亦載』，以載解義，非經中之載。」若然，經宜云「則沈則浮」，舟可云「則沈」乎？傳、箋正以「則沈則浮」未可解經，故詳切明之。正義不得其故，且没傳、箋體物之工，亦妄矣。經言則沈則浮，是浮沈屬舟。解作則載沈物、則載浮物，不且於經文爲添設乎？

鴥彼飛隼。

箋云：隼，急疾之鳥也。

循按：《春官・司常職》云：「鳥隼曰旟。」《爾雅》「錯革鳥曰旟」，孫炎云：「革，急也。畫急疾之鳥於縿也。」本《爾雅》「革鳥」，故云「急疾」耳。《説文》於「雕」字下重文作「隼」，云：「雕，或从隹、一。一曰鶉字。」許氏蓋以「雕」「隼」同字，定爲祝鳩。故《玉篇》云：「隼，祝鳩也。」而「隼」字又通於「鶉」。《管子・君臣》篇云：「丈尺一綧制。」注云：「綧，古『准』字。」然則从「享」與从「隹」可得通也。鶉，即「鷻」省。《國語》「有隼集於陳侯之庭」，韋昭注云：「隼，今之鶚。」《廣雅》云：「鷻、鶚、鵰，鵰也。」昭訓隼爲鶚，即同《説文》

「隼一曰鶉」之義。《山海經》：「景山多鷲，黑色有力。」《漢書・五行志》云：「劉向以隼爲黑祥。」鷻即是鷲，隼即是鷻，故云黑祥也。《一切經音義》云：「隼，又作『鶉』。」《廣雅》又云：「隹，鶉也。」此隹即鵻，即《説文》「鵻，一曰鶉。」《四牡》「翩翩者鵻」，傳訓「夫不」。此祝鳩，非隼鶚也。此詩「隼」，箋訓「急疾之鳥」，非祝鳩也。《易解》：「上六公用射隼于高墉之上。」《九家易》云：「隼，鷙鳥也。今捕食雀者。」虞翻云：「離爲隼。」《考工記・輈人職》云：「鳥旟七斿，以象鶉火。」注云：「鳥隼爲旟，州里之所建。」《爾雅》「柳，鶉火也」注云：「鶉，鳥名。火，屬南方。」此鶉即隼也。柳居鶉火之首，其象爲咮。咮，一作「噣」，喙也。有呑喙之象，故取於鶉。離爲南方之卦，故象爲隼。鳥旟取象於鶉，亦畫爲鶉也。敦，讀爲追，與隹、鵻音近。鶉火乃鷻火，此鳥隼所以象鷻火也。「匪鶉匪鳶」傳云：「雕也。」《説文》「鷻」與「雕」互訓，則「匪鶉」之「鶉」正是「鷻」之省。《詩》凡言「鷻」多作「鶉」，惟「有縣鶉兮」，毛訓爲「小鳥」，是鵪鶉之鶉。僖公五年《左傳》卜偃舉童謡「鶉之賁賁」，又云：「丙子旦，日在尾，月在策，鶉火中，必是時也。」《表記》引《詩》云：「鵲之姜姜，鶉之賁賁。」賁賁，即奔奔。是知童謡之「鶉」與《詩》之「鶉」皆鶉火之鶉，非鵪鶉之小鳥，爲隼鷻之急疾矣。

瞻彼中原，其祁孔有。

傳：祁，大也。

箋云：祁，當作「麎」。麎，牝麋也，中原之野甚有之。

循按：箋義不及傳遠甚。傳以「其祁」指中原之大。正義解毛，謂「其諸禽獸大而甚有」，又云「不言獸名，不知大者何物」，非也。

爰及矜人，哀此鰥寡。

傳：矜，憐也。

箋云：當及此可憐之人，謂貧窮者欲今賙餼之鰥寡則哀之，其孤獨者收斂之，使有所依附。

循按：《詩》舉鰥寡一端，其實可矜之人不止於此，故箋兼舉貧窮孤獨以備言之，非以矜人專指貧窮者也。正義未得其旨。

夜未央。

傳：央，旦也。

箋云：夜未央，猶言夜未渠央也。

循按：毛解《出車》「旂旐央央」云：「央央，鮮明也。」又解「昊天曰旦」云：「旦，明也。」以「旦」訓「央」，正以「央」有明義。正義言毛「非訓央爲旦」，非也。《釋文》有「七也反」「子徐反」兩音，則一本或作「且」字。然以「且」訓「央」，既非達詁，作「且」者，誤耳。《蒹葭》

「宛在水中央」，則央有中義。故《廣雅》訓央爲中。但夜未中仍在亥、子以前，非早朝時。訓央爲旦，實毛旨之精微也。箋解作「未渠央」，則以當時之語擬之。漢樂府《長安有狹邪行》云：〔一〕「丈人且徐徐，調弦詎未央。」《相逢行》云：「丈人且安坐，調絲方未央。」《南史·卞彬傳》高爽書延陵縣鼓詩云：「受打未詎央。」「未詎央」即「詎未央」，「詎未央」即「未渠央」，即未已、未盡之意。亦不以爲「且」字也。

無相猶矣。

傳：猶，道也。

箋云：猶，當作「瘉」。「瘉」，病也。言時人骨肉用是相愛好，無相詬病也。

循按：《爾雅·釋詁》：「迪、繇，道也。」「繇」即「猶」，此「道」乃教道之義。傳言兄弟怡怡，異於朋友責善，故但相好，不必相規。相規且不可，何論詬病？箋之淺每不及傳之深也。

似續妣祖。

傳：似，〔二〕嗣也。

〔一〕「漢」字底本殘損，今據嘉慶本補。

〔二〕「似」，原作「以」，據嘉慶本校改。

箋云：似，讀如「巳午」之「巳」。巳續妣祖者，謂已成其宫廟也。

循按：《説文》：「巳，巳也。四月陽氣已出，陰氣已藏，萬物見，成文章。」《史記·律書》云：「巳者，言陽氣之已盡也。」陽盡於巳，故巳有止義。汜爲窮瀆，窮即止也。祀爲祭無已，昊爲語已詞。凡作已然之義，皆從巳午之巳，非巳午之外别有已止之字也。《説文》：「㠯，用也，从反巳。」與「巳」形義俱異，即今之「以」字。訓「巳」爲「㠯」者，蓋當時「巳然」之「巳」或通作「㠯」。若曰「巳午」之「巳」即今所謂「㠯然」之「㠯」，猶「于」「於」二字形義俱異，而《説文》云「于，於也」；「㢽」「巽」二字形義俱異，而《説文》云「㢽，巽也」。以「於」爲「于」，以「巽」爲「㢽」，以「㠯」爲「巳」，皆當時通用，故《説文》舉以明之。惟「巳」「㠯」既通，故「巳」或作「㠯」，「㠯」或作「巳」。《檀弓》公肩假曰：「以人之母嘗巧，則豈不得㠯。」此當作「巳午」之「巳」，不當爲「㠯用」之「㠯」。故注云：「㠯，巳字。㠯與巳字本同。」《特牲饋食禮》「蓑有㠯也」，注云：「㠯，讀如『何其久也必有㠯也』之『㠯』。」《旄丘》「必有㠯也」，箋解「㠯」字如本訓。而《儀禮》注引此者，正以當時「㠯」通於「巳」，故明此處當如本訓也。「似」從「㠯」，而《説文》訓爲「象」。象者，肖也，故訓通於嗣。《廣雅》：「子、㠯，似也。」子訓似，猶嗣訓似。㠯之訓似，則似從㠯，得相通也。箋改讀爲「巳午之巳」，是解作巳然之義，與《檀弓》注同，故申明爲「巳成宫廟」。然則取「巳午」之「巳」者，用「陽氣已出，陰氣已藏」之義，非取義於十二枝也。《玉篇》：「已，徐里切，嗣也，起也。又弋旨切，退也，止也。」一字分兩音，而「已止」與「巳午」尚爲一字。至《廣韻》上聲六止內：「以，用也。古文作㠯。已，止也，又音似。巳，辰名，太歲在巳曰大荒落。」是分「巳午」與「已止」爲兩字。蓋韻以音分，凡一字數音者，各如其音而分隸之。但字以音分，音分而字實不分，如「且」在上平，亦在上聲，非兩字。孔穎達作正義，不明「已止」之「已」即「巳午」之「巳」，因泥於「巳午」之義，以爲「宗廟在雉門外之左，門當午地，廟當巳地，在巳地續立妣祖之廟」。其説可謂迂矣。夫鄭氏自申明爲「已成宮廟」，何用又饒辭説？正義中此類繁多，竚俟來者正之耳。

衆維魚矣。

傳：陰陽和則魚衆多矣。

箋云：見人衆相與捕魚。

循按：傳云「魚衆多」，言衆多者維魚也。箋以「衆」爲「人」，與毛異。捕魚説迂甚。

勿罔君子。

箋云：勿，當作未。則下民未罔其上矣。

循按：此「未」字當作「昧」字解。《淮南子·天文訓》：「未，昧也。」未罔，謂蒙昧欺罔其上。

父母生我，胡俾我瘉。

傳：父母，謂文武也。我，我天下。瘉，病也。

循按：訓詁之例，不外雙聲疊韻。疊韻如「子，孳也」「丑，紐也」，雙聲如「叔，拾也」「且，薦也」，而假借行乎其中。有直指其事者，如此傳「瘉，病也」是也。此外有比例之詞，則加「猶」字。有指擬之詞，則加「謂之」「猶之」云者。如「盈，猶多也」「至，猶善也」，以其非雙聲疊韻之假借，亦非實指其事，則於其相近者而指擬之也。如云「衆，謂群臣也」，衆不定是群臣也。此云「父母，謂文武」，父母不定是謂文武也。傳擬度之，以爲詩人所云父母指文武，非謂文武令天生我天下之民也。箋云「天使父母生我」，豈父母又使天生我邪？正義失之。

謂山蓋卑，爲岡爲陵。

傳：在位非君子，乃小人也。

箋云：此喻爲君子賢者之道，人尚謂之卑，況爲凡庸小人之行。

循按：毛以爲此在當前者，若以爲山，蓋又卑小。卑小則非山，乃岡陵耳。與箋義異。

具曰予聖，誰知烏之雌雄。

傳：君臣俱自謂聖也。

箋云：時君臣賢愚適同，如烏雌雄相似，誰能別異之乎？

循按：「誰」字與「具」字相承。君臣俱自謂「予聖」，聖則通矣。究竟烏之雌雄，誰能知之？箋以烏比君臣，恐非毛義。

謂天蓋高，不敢不局。謂地蓋厚，不敢不蹐。

傳：局，曲也。蹐，累足也。

箋云：局蹐者，天高而有雷霆，地厚而有陷淪也。

循按：局，即從高字生出。卑始曲身。今高亦局，不必增出雷霆。言局蹐，正謂天不高、地不厚也。

魚在于沼，亦匪克樂。潛雖伏矣，亦孔之炤。

傳：沼，池也。

箋云：池魚之所樂，而非能樂。其潛伏於淵，又不足以逃，甚炤炤易見。

循按：毛訓沼爲池，義即寓於訓詁中。若曰魚在淵則樂，今在池沼，非所樂也。即使潛伏而池水淺露，亦昭而易見，所以不肯隱之深者，以憂心念國之虐也。蓋賢人不用，棄在閒散，而自明其不肯逃耳。箋別一義。

天夭是椓。

傳：君夭之，在位椓之。

箋云：民於今而無禄者，天以薦瘥夭殺之，是王者之政又復椓破之。

循按：傳以夭爲君，是爲在位。「是」字，指上「有屋」「有穀」之人也。蔌蔌方穀，則小人在位。故民之無禄，既由君害之，又即是蔌蔌方穀之人椓之。毛於《大雅》「昏椓靡共」解云：「椓，夭椓也。」以「夭」明「椓」，則此「椓」字亦與箋同耳。正義於《大雅》述毛義云：「傳意以《正月》云『天夭是椓』，夭謂夭殺，椓謂椓破。」是也。而此「椓」字則云「在位又椓譖之」，是以椓爲謡諑之諑，與《大雅》正義相岐。蓋正義非一人之筆，宜其異耳。椓，通於琢。椓之剥擊，猶琢之雕刻。在位椓之，謂此蔌蔌者刻剥之。在位之於小民，無所爲譖也。蔡邕《釋誨》云：「速速方轂，夭夭是加。」此文上下俱用駢對，則「夭夭」自對「速速」，乃屬文裁翦之法。毛既以夭訓椓。謂《大雅·召旻》傳。則椓亦是夭。故以夭椓爲夭夭。既以椓爲夭，則不云「是椓」而云「是加」，「夭夭是加」，猶云「夭椓是加」，不得依《毛詩》謂蔡爲譌，亦不得依蔡而改詩爲「夭夭」。蜀石經作「夭夭是椓」，非也。或以蔡文「夭夭是加」爲「天夭是加」之譌，亦非也。

《序》：《十月之交》，大夫刺幽王也。

箋：當爲刺厲王。作《訓詁傳》時移其篇第，因改之耳。

循按：此下四詩《序》皆幽王，箋皆改爲厲王。金壇劉始興，字子彦，撰《詩益》二十卷，内論《詩》次，獨得孔子編《詩》之意。其論《大》《小雅》云：「《小雅》，所以繼《大雅》也。《小雅》起《鹿鳴》終《瓠葉》，三十七篇，所謂雅歌也。雅歌者，正樂之常歌也。其詩不與美刺時事之詩同例。起《六月》終《何草不黄》，四十三篇，宣王、幽王時詩也。而《大雅》終於《江漢》《常武》，宣王之詩。《小雅・六月》《采芑》繼之，所謂繼《大雅》也。《大雅》復終以《瞻卬》《召旻》幽王詩者，所以終《大雅》也，《雅》亡於幽王故也。《大雅》著文、武、成王以上周室盛代之詩，而《小雅》惟列宣、幽，則其世衰矣。孔子編次《雅》詩至於幽、宣之間，而慨周室之衰、王道之缺也，故采當世所用朝會燕饗樂歌諸詩，自《鹿鳴》以下二十二篇，繼《大雅》終篇之義而編次之。」大略如此。今核《序》於《小雅》，但有宣、幽之詩，則不應有厲王之詩明矣。箋説非也。

朔日辛卯。

箋云：辛，金也。卯，木也。以卯侵辛，故甚惡也。

循按：經言「辛卯」，但紀日耳。辛金、卯木之占非毛義。

不寧不令。

箋云：雷電過常，天下不安，政教不善之徵。

循按：「天下不安」解「不寧」，「政教不善」解「不令」，非以「天下不安」爲「政教不善之徵」也。正義漫以箋義入傳，而箋義亦失。

舍彼有罪，既伏其辜。若此無罪，淪胥以鋪。

傳：舍，除。淪，率也。

箋云：胥，相。鋪，徧也。言王使此無罪者見牽率相引而徧得罪也。

循按：審傳、箋之義，當讀「彼有罪既伏其辜」七字爲一貫。若曰除有罪伏辜者不論外，而無罪之人亦爲彼有罪者所牽率而徧入於罪。正義解作舍去有罪者不戮，則「既伏其辜」四字爲不詞矣。且「牽率相引」爲誰所牽率邪？有罪者舍之，無罪者戮之，此顛倒刑罰不中耳。惟有罪者戮，無罪者亦株連而戮，所謂威也。箋云「以刑罰威恐天下而不慮不圖」，正謂濫於用刑，不謂其錯於用刑也。

維邇言是聽，維邇言是争。

傳：邇，近也。争爲近言。

循按：傳言「争爲近言」，則非争辯言之異己者也。蓋上「惟邇言是聽」，則下争爲邇言以諛之。言邇則無遠圖，故如道謀而不遂於成也。

僭始既涵。

傳：僭，數。涵，容也。

循按：「數」即「事君數」之「數」，謂讒言數速，不比浸潤之譖不易知覺。然君則容之，此亂之所由生也。容之，心猶未信。至於信之，此亂之所以又生也。

遇犬獲之。

箋云：遇犬，犬之馴者，謂田犬也。

循按：鄭讀「遇」爲「愚」，故以「馴」訓之。「愚」與「㲋」對舉。兔雖狡，犬雖馴，而能獲之。《釋文》云：「遇，如字。世讀作『愚』，非也。」如字者，毛義也。讀愚者，鄭義也。以爲非者，非鄭而是毛也。正義引王肅言：「適與犬遇而見獲。」此申毛義，非鄭義。

蓼蓼者莪，匪莪伊蒿。

傳：興也。蓼蓼，長大貌。

箋云：喻憂思。雖在役中，心不精識其事。

循按：毛之義每寓訓詁中，其言雖略，尋之可得。此訓蓼蓼爲長大，若曰父母生之使長大者，子也。今則不能終養，匪子也，而他人矣。視莪而以爲蒿，傳義不如是。

楚楚者茨，言抽其棘。

傳：楚楚，茨棘貌。抽，除也。

箋云：茨蒺，蔾也。伐除蒺蔾與棘。茨言楚楚，棘言抽，互辭也。

循按：毛言「茨棘貌」，即謂茨之棘也。《方言》：「凡草木刺人，江湘之間謂之棘。」然則棘爲有束者之通名，此棘則茨之棘也。箋以茨與棘爲兩物，於經文「其」字爲不達。

不稂不莠。

傳：稂，童粱也。莠，似苗也。

循按：《説文》云：「蓈，禾粟之采生而不成者謂之董蓈。重文稂。莠，禾粟下生莠。讀若酉。」「采」即「穗」字，爲禾成秀之名。童之猶言獨也。禾病則秀而不實，實者下垂，不實者直立而獨露於外，故名童稂。《曹風》「浸彼苞稂」，毛亦訓「童粱」。箋易云：「稂，當作『凉』。凉草，蕭蓍之屬。」以童粱乃禾粟秀而不實之名，與蕭蓍不類，故破字爲凉草也。《説文》又云：「秕，不成粟也。」粟不成爲秕，采不成爲稂，是可推矣。《説文》「禾粟下生莠」，《繫傳》作「下揚生莠」。揚者，簸揚之謂。粟之不堅好者，簸之必在下。《農桑輯要》云：「穀種浮秕去則無莠。」徐鍇亦謂莠出於粟秕。今俗稱粟之不成者尚曰下揚，《説文》正以此訓莠之所由生也。韋昭《問答》云：「《甫田》『維莠』，今何草？答曰：『今之狗尾也。』」《太平御覽》九百九十九。《夏小正》「四月莠幽」，徐巨源云：「莠者，秀之譌也。幽者，萋之譌也。莠幽，即《詩》『四月秀葽』。」此説是也。《爾雅·釋地》云「燕曰幽州」，李巡云：「燕，其氣深要，厥性剽疾，〔一〕故曰幽。幽，要也。」《釋文》。要、幽古音相轉。以「葽」譌爲「幽」，尚失聲音通借之義。《戰國策》魏西門豹云：「幽，莠之幼也，似禾。」《廣雅》云：「莠，葽也。」《説文繫傳》引《字書》云：「葽，狗尾草也。」《上林賦》云：「其卑濕則生藏莨、蒹葭。」裴駰《史記集解》引《漢書音義》云：「莨，莨尾草也。」《説文》莨、葽二字相次，皆訓草。竊謂莨爲狼尾草，葽爲狗尾草。「莨」或假借爲「稂」，「葽」或假借爲「莠」。稂自禾粟采不成之名，莠自禾粟下揚所生。毛以莠似苗，本惡莠亂苗言之。箋云：「擇種之善，民力之專，時氣之和。」時氣和則無稂，擇種善則無莠，義與《説文》相表裏，箋爲精矣。

清經解卷一千一百五十四終

漢軍樊封舊校

臨桂周震泰南海鄒伯奇新校

〔一〕「性剽」二字，底本殘損，今據嘉慶本補。

毛詩補疏　卷五

江都焦孝廉循著

文王陟降，在帝左右。

傳：言文王升接天，下接人也。

箋云：在，察也。文王能觀知天意，順其所爲，從而行之。

循按：此箋與傳義異。傳「升接天」解「陟」字，「下接人」解「降」字。「在帝左右」即是「接天」，而「接人」之意括於内。如《論語》上言禹稷，下單言躬稼，古人屬文多有如是耳。箋以下言「在帝左右」則專以天言，故以「觀知天意」解「在帝」二字，以「順其所爲，從而行之」解「左右」二字，若云察帝而左右之。

有商孫子。

箋云：使臣有殷之孫子。

循按：傳解「有周不顯」云：「有周，周也。」則此「有商」亦商也。正義解之云：「使臣有商之子孫，謂使之爲臣，以爲己有。」非傳義，亦非箋義。

無遏爾躬。

傳：遏，止。

箋云：當使子孫長行之，無終汝身則止。

循按：傳訓「遏」爲「止」，謂修德不已耳。止則不宣昭矣。箋非傳義。

不易維王。

箋云：不可改易者，天子也。

循按：「駿命不易」，《釋文》云：「易，毛以豉反，『不易』，言甚難也。鄭音亦，言不可改易也。下文及後『不易維王』同。」是爲得之。而正義則不能分别也。

肆伐大商。

傳：肆，疾也。

循按：《爾雅·釋言》云：「肆，力也。」《吕氏春秋·尊師》篇「疾諷誦」，高誘注云：「疾，力也。」「疾」「力」二字，古每並稱。《越語》：「今其來也，剛彊而力疾。」《荀子·仲尼篇》「疾力以申重之」，楊倞注云：「疾力，勤力也。」又《榮辱篇》：「鈎録疾力以敦比其事業，而不敢怠傲。」《詩·烝民》篇「威儀是力」，箋云：「力，猶勤也。」《周禮·大司寇》注亦云：「力，勤力。」肆之爲疾，即肆之爲力也。《史記·灌嬰傳》「戰疾力」，《漢書》孟康注謂「攻戰速疾」。是以「速」訓「疾」，以「疾」訓「力」，亦「力」即「疾」之證也。前言「篤生武王，燮伐大商」。燮，和也，言君德也。此言「維師尚父，涼彼武王，肆伐大商」。肆，疾也，言臣節也。君自和而臣則不敢自惜其力，故疾力而克勤也。宋人王觀國《學林》言：「肆無疾義，於《詩》不合。」六書訓詁，唐人已昧，矧在宋乎？

會朝清明。

傳：會，甲也，不崇朝而天下清明。

循按：甲，即始也，始朝而天下即清明。傳云「不崇朝」，乃自與「甲」字相發明，其義甚顯。正義解毛義爲「會值甲子之朝」，《牧誓》「甲子昧爽」，箋引之，不可混爲傳義也。

緜緜瓜瓞。

傳：緜緜，不絶貌。瓜，紹也。瓞，瓝也。

箋云：瓜之本實繼先歲之瓜，必小。狀似瓝，故謂之瓞。緜緜然若將無長大時。

循按：瓜字不必訓以紹，訓瓜尤非也。毛蓋以「瓜紹」明不絶之義，若曰所謂緜緜不絶者此瓜紹也。《東山》詩「蜎蜎者蠋」傳云：「蜎蜎，蠋貌，桑蟲也。」其文法正同。以瓜紹明不絶，不以瓜紹釋瓜也。所謂紹者，當是初生之瓜。瓞，猶言蒂。《集韻》「瓞」亦作「𤬱」。凡瓜果之生皆始於蒂。瓝，《説文》訓瓝，今俗以稻之初生者爲趵，正與此合。惟其初生象子孫之嗣續，所以爲紹，所以爲緜緜也。箋以「緜緜若將無長大時」，則以緜爲弱小，與不絶義異。謂狀似瓝，則不直以瓝爲瓞矣。「本實繼先歲」之説甚迂，毛義不如是也。或謂「瓜紹也」上本有「瓜瓞」二字，亦非。

堇荼如飴。

傳：堇，菜也。荼，苦菜也。

箋云：其所生菜雖有性苦者，甘如飴也。

循按：《爾雅》云：「齧，苦堇。」郭璞注云：「今堇葵也。葉似柳，子如米，汋，食之滑。」《公食大夫禮》「鉶芼，牛藿、羊苦、豕薇，皆有滑。」鄭氏注云：「滑，堇荁之類。」毛以堇爲菜，指此堇也。詩詠所産之美，不必爲他處之所無，亦不必前此之不美。箋謂雖苦亦甘者，以堇名苦堇，荼爲苦荼，故有此説。豈謂其烏頭毒藥頓化而爲甘乎？《食療本草》云：「堇菜味苦。」《唐附本草》云：「堇汁味甘寒，無毒。」蓋堇菜味苦而汁甘，一若荼味苦瀹之則甘也。《説文》云：「堇，草也。根如薺，葉似柳，蒸食之甘。」蒸食之甘，正所爲如飴也。烏頭名芨，轉聲爲堇，猶蕣華名日及，轉聲爲木槿，非堇菜之堇也。

自土沮漆。

傳：自，用。土，居也。沮水，漆水也。

箋云：后稷乃帝嚳之胄，封於邰，其後公劉失職，遷於豳，居沮漆之地。故本周之興云沮漆也。

循按：詩人用韻，以「瓞」「漆」「穴」「室」相協。「緜緜瓜瓞」一頓，「民之初生，自土沮漆」一頓，「古公亶父，陶復陶穴」一頓，「未有家室」一頓。首尾用單句，中兩兩爲抑揚。「生」「父」二字無韻，謂「瓞」「穴」一韻，「漆」「室」一韻，亦可。毛傳分章句，於「漆」字一斷，隱以「漆」「室」爲韻，每三句作一貫也。傳、箋、釋文、正義均先「沮」後「漆」，惟正義引《禹貢》「漆沮既從」，明《禹貢》「漆沮」即此詩「沮漆」。或稱「沮漆」，或稱「漆沮」，隨文之便而已。或改經文爲「自土漆沮」，以「沮」與「父」爲韻。殊失詩人用韻之妙矣。古人用韻，非有一定。唐詩宋詞且不盡拘官韻，而欲於今日爲三百篇强定一韻譜，吾知其迂也。《漢書·地理志》右扶風杜陽「杜水南入渭」，顔師古曰：「《大雅·緜》之詩曰：『人之初生，自土沮漆。』《齊詩》作『自杜』，言公劉避狄而來居杜與漆沮之地。」乃土、杜二字古通，如「徹彼桑土」，《釋文》言「《韓詩》作『桑杜』」。《荀子·解蔽篇》所云「乘杜」，即「相土」是也。《齊詩》作「杜」，不必爲杜水。顔氏於「杜陽」引之，未必得也。

削屢馮馮。

傳：削牆鍛屢之聲馮馮然。

循按：此詩詠築牆之事，極其詳細。毛、鄭亦曲能達之。以虆盛土，投之板中而築之。築其上也，其旁必有溢出於板者，則削之屢之，以取其平。削謂以銚鍤之類削去之，而義易明。屢，古「婁」字。《小雅》「式居婁驕」箋云：「婁，斂也。」斂，謂收斂，不用削而使其溢處收斂，則必用鍛。鍛者，椎也。以物椎擊之使平，則溢者斂。故傳以鍛明屢。鍛屢猶鍛斂，鍛斂猶鍛鍊。鍛之使堅牢，猶鍛之使精熟。《儀禮・士喪禮》「牢中旁寸」注云：「牢，讀爲樓。樓爲削約握之。」彼疏云：「讀從樓者，義取縷斂挾少之意。」《詩・小雅》釋文云：「婁，徐云：『鄭音樓。』《爾雅》云：『裒、鳩、樓，聚也。』」今《爾雅》作「摟」，與「斂」同訓。《釋宮》：「陝而修曲曰樓。」樓取於陝，即婁之爲斂。蓋削者平其土之堅處，屢者鍛其土之不堅處。不堅，鍛之使堅，則斂之正所以牢之。正義解爲「削之人屢其聲馮馮然」，是以屢爲數，失毛義矣。或以屢爲空穴，亦非。

柞棫拔矣，行道兑矣。

傳：兑，成蹊也。

箋云：今以柞棫生柯葉之時使大夫將師旅出聘問，〔二〕其行道士衆兑然，不有征伐之意。

循按：毛傳謂本無道路，至此柞棫拔去，而下已成蹊。《皇矣》三章「柞棫斯拔，松柏斯兑」，傳云：「兑，易直也。」「柞棫拔矣」與「柞棫斯拔」同。惟「兑」字一屬行道，一屬松柏，故傳互發明之。「兑」與「鋭」古通。道有柞棫則塞，塞則猶夫鈍也。柞棫拔去則通，通則猶夫鋭也。松柏錯於柞棫之中，柞棫去而松柏喬立，是爲「易直」。行道通，不煩迂曲艱險，亦「易直」也。《商頌》「松柏丸丸」，傳亦以「易直」訓之。丸丸，猶桓桓。其松柏特立，不與他木相雜，惟其丸丸，乃見其鋭。丸之義爲專、爲完。專則鋭，鋭則易直。乾，其静也專，其動也直，其義一也。箋「兑然」，《釋文》作「脱然」，云：「一本作『兑』。」此與「成蹊」義異。而正義以爲毛、鄭不殊，何哉？

文王蹶厥生。

傳：蹶，動也。

箋云：文王動其緜緜民初生之道。

〔二〕「柯葉之時」四字殘損，今據嘉慶本補。

循按：生，即性也，謂感動虞芮之性。毛詳述爭田讓田之事，申此義也。箋迂甚。

芃芃棫樸。

傳：棫，白桵也。樸，枹木也。

循按：薛綜《西京賦》注云：「棫，白蕤也。」「蕤」與「桵」聲同。唐龐懋賢《文昌雜録》云：「關中有白蕤，芃芃叢生。民家多采作薪，與他木異。其烟直上如線，高五七丈不絶。」此紀其所目驗，正《詩》之棫矣。

思齊大任，文王之母。思媚周姜，京室之婦。

傳：齊，莊。媚，愛也。周姜，太姜也。京室，王室也。

箋云：常思莊敬者，大任也，乃爲文王之母。又常思愛太姜之配太王之禮，故能爲京室之婦。

循按：「思齊」「思媚」文同。則首二句言大任，次二句言大姜，末二句言大姒，《列女傳》所謂「周室三母」也。鄭以大姜乃大任之姑，不當次於下，故以「思媚周姜」爲大任思愛之，傳義未然也。

串夷載路。

箋云：串夷即混夷，西戎國名也。

循按：《釋文》云：「串，一本作『患』。或云：鄭音患。」正義云：「毛讀患爲串。鄭以《詩》本患字，故不從。《采薇》序曰：『西有混夷之患。』是患夷者，患中國之夷。」正義蓋以毛主「串」字，鄭主「患」字。然「串」即「患」之省，「患」與「混」一音之轉，故以患夷即混夷，非用《采薇》序云云也。「串」與「畎」亦一音之轉，《尚書大傳》《説文》引《詩》作「畎夷」。

自大伯王季。

傳：從大伯之見王季也。

箋云：是乃自大伯王季時則然矣。大伯讓於王季而文王起。〔一〕

循按：經文兼言大伯、王季，〔二〕下專言「維此王季」，故傳言「從大伯之見王季」。「從」字解「自」字，見猶顯也。大伯不讓王季，王季無以顯，乃王季因大伯之讓而顯，大伯之讓亦由王季而顯。箋於「則篤其慶，載錫之光」，謂王季「厚明大伯之功美，始使之顯著」，正與此傳「見王季」相發明。毛補詩人所未言，箋表毛傳所未言，故平列「大伯、王季時則然」，以完《詩》平列之語氣。申言大伯讓王季而文王起，以明毛傳「大伯見王季」之義，下暢言王季顯

〔一〕「大伯讓於王季」六字殘損，今據嘉慶本補。
〔二〕「兼言」二字殘損，今據嘉慶本補。

著大伯，以完《詩》專言王季之語氣。而實與毛傳對針互發，知箋之妙即知傳之妙，知傳、箋之妙即知《詩》上兼言大伯、王季，下專言王季之妙。

侵阮徂共。

傳：國有密須氏侵阮，遂往侵共。

箋云：阮也，徂也，共也，三國犯周，而文王伐之，密須之人乃敢距其義兵。

循按：《尚書大傳》：「文王受命，一年斷虞芮之訟，二年伐邘，三年伐密須，四年伐犬夷，五年伐耆，六年伐崇。」虞、芮、密、犬夷、耆均見《詩》《書》，而邘無可考。以「二年伐邘」言之，疑「邘」即是「阮」。邘爲武王子所封，徐廣言在野王縣西北。余爲論之：文王所伐，大抵皆西伯所統轄，阮、密須、犬夷是也。耆即黎，在上黨壺關。殷之邦畿千里，壺關去朝歌不過三百里，故鄭氏注《尚書・西伯戡黎》云：「戡黎入紂圻内。」惟其入圻内，故祖伊恐而奔告於紂。邘在野王，爲今懷慶府河内縣地，益在邦畿之内矣。使二年伐邘，即入畿内。在文王不應若斯之迫，而祖伊之告，豈俟三年之後乎？邘之於阮，猶迂之於遠。「阮」「邧」「邘」三字並見《説文》。阮，代郡五阮關也。邧，鄭邑也。邘，周武王子所封，在河内野王是也。五阮關，《漢書・地理志》作五原關，此與經無涉。邧訓鄭邑，徧檢《春秋傳》，鄭無邧邑。此「邧」蓋即鄔、劉、蔿、邘之「邘」。野王之邘本作「邘」，鄭邑之邘本作「邧」，與秦邑在同州者同名。秦邑之邧，見文公四年《左傳》，《太平寰宇記》以邧在同州澄城縣。《漢書・地理志》安定郡：「陰密，《詩》密人國。」漢之陰密，今爲平凉之靈臺縣，皆近於周，故文王侵阮，而密人距之。若野王之邘，密人不得侵之。文王伐之，密人亦不得距也。邧與阮同音，又通於邘，此《詩》稱「侵阮」，而《書傳》稱「伐邘」，蓋一物也。乃《史記》之次，異於《書傳》「虞芮決獄之後，明年伐犬戎，明年伐密須，明年敗耆國，明年伐邘，明年伐崇侯虎而作豐邑」。移伐邘於伐耆之後，是連年侵伐王圻。於侵阮之詩既無所屬，而伐邘之舉遂無實徵。鄭氏以《魯詩》之説，定阮爲周伐之國。其注《尚書序》云：「紂聞文王斷虞芮之訟，後又三伐皆勝，始畏而惡之，拘於羑里。紂得散宜生等所獻寶而釋文王，文王釋而伐黎，明年伐崇。」亦用《書傳》而舍《史記》，固謂《史記》之所次不若《書傳》之善也。「黎」可通於「耆」，而《殷本紀》又作「飢」。「阮」之作「邘」，又何異乎？徐廣謂鄂侯一作「邘」，音于。野王縣有邘城，似以文王所伐即此侯矣。乃《史記》言：「九侯有好女，入之紂。九侯女不憙婬，紂殺之，而醢九侯。鄂侯争之彊，辨之疾，并脯鄂侯。西伯昌聞之竊歎，崇侯虎知之以告紂，紂囚西伯羑里。」使「鄂」即「邘」，則其君方遭慘死，西伯既歎之，旋復伐其國，等諸崇、密之流，豈文王之所爲乎？鄂而爲邘，益信文王所伐非野王之邘也。

是伐是肆。

傳：肆，疾也。

箋云：肆，犯突也。《春秋傳》曰：「使勇而無剛者肆之。」

循按：《大明》「肆伐大商」，傳亦以肆爲疾。箋以《爾雅》「肆、故，今也」易之，正義申毛，引《釋言》「窕，肆也」，又引《左傳》「輕者肆焉」，明肆爲疾之義。此《詩》箋引《春秋傳》，即正義所引。然則以「突犯」訓「肆」，正是申毛，非易毛也。隱九年《傳》「使勇而無剛者嘗寇而速去之」、文十二年《傳》「若使輕者肆焉」，以「肆」字代「嘗寇速去」，正是以速明肆，即毛以疾訓肆之義。正義既以爲異毛，又譏其引《左傳》之謬，蓋先儒互訓之妙，至隋唐已莫能知。《周禮・環人》疏引文十一年《傳》注云：「肆，突。言使輕鋭之兵往驅突晉軍。」此注不知何人，蓋賈、服之遺訓。肆爲突，古有此義，故鄭以爲「犯突」。

世有哲王，三后在天，王配于京。

傳：三后，太王、王季、文王也。王，武王也。

箋云：世世益有明知之王，謂太王、王季、文王。

循按：傳不解「世有哲王」，而以三后爲太王、王季、文王，王爲武王。明上所云「世有哲王」者，統指此四王也。箋以哲王指三后，非毛義。毛傳簡略，其義即著於訓詁之次弟。静求之即得也。

遹駿有聲。

箋云：遹，述。

循按：毛訓「聿修厥德」之「聿」爲「述」。聿、遹，古字通。

有相之道。

傳：相，助也。

箋云：謂若神助之力也。

循按：毛訓「相」爲「助」，未必如箋「神助」之義。五穀生自天，必待人樹蓺之乃生。后稷教民稼穡，是代天以成其能，故云「相」耳。非謂神助后稷也。

維秬維秠。

傳：秬，黑黍也。秠，一稃二米。

循按：《説文》訓「稃」云：「穭也。」訓「穭」云：「穅也。」訓「穅」云：「穀皮也。」訓「秠」云：「一稃二米。」蓋一穀皮之中有二米，其名爲秠。秬爲黑黍之通名，無論一米二米皆得名秬。《説文》作「𪏰」，云「黑黍也，一稃二米，以釀也」是也。秠則爲秬之一稃二米者之專名。鄭氏《鬯人》注改「一稃二米」爲「一秠二米」。《鄭志·答張逸問》以爲秠稃皆皮之名。乃皮名，則不爲米名矣。巨、丕義皆大，而丕兼有衆義。《廣雅》：「伓伓，衆也。」《説文》：「坯，丘再成者也。」丕，通於「平」。《漢書・食貨志》云：「二登曰平，三登曰泰。」然則秠之取義，正以二米，猶丘之再成者爲坯也。謂秠爲皮，是以一稃名，不以二米名矣。

陟則在巘。

傳：巘，小山，別於大山也。

循按：《皇矣》「度其鮮原」傳云：「小山別大山曰鮮。」此傳以「巘」即「鮮」也。《釋文》：「巘，本又作『獻』。」《月令》「鮮羔開冰」，《吕氏春秋》作「獻羔開冰」。是鮮、獻古通用。陸德明謂毛傳與《爾雅》異，正義謂此傳與《皇矣》傳義別，非是。

其軍三單，度其隰原，徹田爲糧。

傳：三單，相襲也。徹，治也。

箋云：大國之制三軍，以其餘卒爲羨。今公劉遷於豳，民始從之，丁夫適滿三軍之數。單者，無羨卒也。度其隰與原之多少，使出税以爲國用。

循按：經文三句相次，言此三單之夫，各授百畝以治田也。箋申傳義甚明。正義據王肅以「在道禦寇」解之，非毛義也。

鳳皇于飛，翽翽其羽，亦集爰止。

傳：翽翽，衆多也。

箋云：翽翽，羽聲也，亦與衆鳥也。爰，于也。鳳皇往飛，亦與衆鳥集於所止。

循按：毛訓「翽翽」爲「衆多」，則「其羽」指衆鳥，連下爲義。若曰鳳皇往飛固集於所止，而衆鳥之羽亦集於所止。箋以翽翽爲羽聲，則連上爲義，故言「亦與衆鳥集於所止」。正義以箋之羽聲闌入毛傳，失之矣。

汔可小康。

傳：汔，危也。

箋云：汔，幾也。王幾可以小安之乎？

循按：毛以「危」訓「汔」。危可小康，猶云殆可以小康也。「殆」訓「危」，亦訓「幾」。鄭訓「汔」爲「幾」，正發明毛義也。

牖民孔易。

箋云：易，易也。道民在己，甚易也。

循按：「易」有兩音：「改易」之「易」入聲，「難易」之「易」去聲。此宜解作「難易」之「易」。而當時讀者讀爲「亦」，故云此讀「改易」之「易」，乃「難易」之「易」也。下申言「道民在己甚易」，知其爲去聲之易矣。《釋文》：「孔易，鄭音亦。注：『易，易也。』上字同。又以豉反。」上易讀亦，下易以豉反。分別甚明。正義云：「以韻當爲改易之易」，是也。

「虚，虚」則同爲一音，不可以此例之。

侯作侯祝。

傳：作、祝，詛也。

循按：《釋名》：「助，乍也。」《吕氏春秋·貴生》篇「土苴以治天下」，高誘注云：「苴，音同酢。」此正義云「作即古詛字」是也。「詛」之爲「祝」，《無逸》《周禮》，人所共明。惟「詛」假借爲「作」，故既以「詛」釋「作」，又以「詛」釋「祝」。以「詛」釋「作」，即以「作」釋「祝」，與「虚，徐」之訓同一妙義。「虚，徐也」。不云「虚，邪徐也」，則箋以「邪」讀如「徐」明之。此傳以作、祝、詛三字互明。其以「詛」明「作」，即是「作」讀如「詛」。故箋不必申言，但云「祝詛」而已。「作」即是「祝」，猶「虚」即是「邪」。正義云「詛與祝别」，非也。或謂「作祝詛也」四字句，言作爲祝詛之事。余惑其説，不能從。

人尚乎由行。

傳：言居人上，欲用行是道也。

箋云：時人化之甚尚，欲從而行之，不知其非。

循按：傳以「人上」解「人尚」，若曰人上乎而乃由行。此文法倒裝也。「乎」字本宜在末，今倒在上耳。箋於「乎」字不協矣。

顛沛之揭。

傳：顛，仆。沛，拔。揭，見根貌。

循按：《論語·里仁》「顛沛必於是」，馬曰：「顛沛，僵仆也。」僵仆，猶仆拔也。「沛」訓爲「拔」者，《周禮·大司馬》注云：「芨，讀如萊沛之沛。」《易·豐》九三「豐其沛」，《釋文》云：「子夏作芾，鄭康成、干寶以爲祭祀之蔽膝。」芾即韍，沛之爲拔，猶沛之爲芨、韍也。推之「韍」通作「苐」，《詩·桑柔》「自有肺腸」《釋文》云「肺，本作『胇』」，《白虎通·性情》篇云「肺之言費也」。「肺」之爲「費」，爲「胇」，猶「韍」之爲「芾」，又爲「苐」。而「韍」本作「市」，乃《説文》「沛」「肺」不從「市」而從「木」，「旆」亦从「木」。而《商頌》「武王載旆」，《荀子·議兵篇》引作「載發」。衛公叔發，《禮記·檀弓》注云「亦名拔」。《説文》：「芨，春草根枯引之而發土爲撥，故謂之芨。」「芨」之爲「發」，猶「拔」之爲「發」。而「旆」亦與「發」通假，則「旆」亦通「拔」。「旆」通「拔」，亦「沛」通「拔」也。揭爲褰裳之名，自要以下揭其裳而露之。樹之根見，猶人之足見，傳訓之精者也。《小雅》「西柄之揭」，以此推之，斗之露柄，猶樹之露根耳。

既之陰女，反予來赫。

傳：赫，炙也。

箋云：口距人謂之赫。

循按：毛以「赫」與「陰」相對，陰所以蔭，故訓赫爲炙。我方蔭女以涼，女反炙我以熱。訓説之精，正義不能發明。箋以「口距人」解之，與傳自異。王肅云：「我陰知女行矣，乃反來嚇炙我。」亦非毛義。

秬鬯一卣。

傳：鬯，香草也。築煑合而鬱之曰鬯。

循按：《春官·鬯人》：「凡王弔臨，共介鬯。」鄭司農云：「鬯，香草。王行弔喪被之，故曰介。」疏引《王度記》：「天子以鬯，諸侯以薰，大夫以蘭，士以蕭，庶人以艾。」鬯與薰、蘭等並言，是爲香草名。又引《禮緯》云：「鬯草生庭。」鬯之爲草，其説舊矣。傳云「合而鬱之」，此鬱爲鬱積，不以爲鬱金草也。《肆師》祭祀之日「及果築鬻」鄭司農云：「築煮，築香草煮以爲鬯。」《鬱人》「凡祭祀，賓客之祼事，和鬱鬯以實彝而陳之」，鄭司農云：「鬱，草名。十葉爲貫，百二十貫爲築。以煮之鐎中，停於祭前。鬱爲草，若蘭。」此以鬱爲草名，築煮之則名鬯，與毛傳義異。鄭康成注云：「鬱，鬱金，香草也。宜以和鬯。」注《鬯人》云：「鬯，釀秬爲酒，芬香條暢於上下也。」此箋云：「秬鬯，黑黍酒也。」是以鬱爲草名，鬯爲酒名，與毛傳異，與鄭司農亦異。蓋以《郊特牲》云「鬱合鬯，蕭合黍稷」，又《周禮·鬱人》

別於《鬯人》故也。因爲通考之：《雜記》云：「暢，臼以椈，杵以梧。」暢即鬯。《漢書・律曆志》「然後陰陽萬物靡不條鬯該成」，顔師古云：「鬯，與暢同。」《房中歌》「清明鬯矣」，顔師古云：「鬯，古暢字。」臼杵，擣築之器。冠以「鬯」字，則鬯非酒名。《説苑》云：「鬯，百草之本。上暢于天，下暢于地，無所不暢，故天子以鬯爲贄。」《春秋繁露・執贄》篇云：「天子用暢，積美陽芬香以通之天。暢，亦取百香之心獨末之，合之爲一，而達其臭味。」《水經注》引應劭《風俗記》：「鬱，芬草也。百草之華煮以合釀黑黍。」傳以「築煮合而鬱之爲鬯」，亦非以鬯即是草名，正以百草之英爲説也。而「祼將于京」注云：「祼，灌鬯也。」「黄流在中」傳云：「流，鬯也。」是又以鬯爲酒矣。鄭氏以秬鬯爲無鬱之酒，而《鬯人》「共釁鬯」注又云：「釁尸以鬯酒，使之香美者。」疏云：「此鬯酒中兼有鬱金香草，故得香美也。」是亦以鬯而兼鬱矣。因以經文考之，《鬯人》大喪共鬯以沃尸，王齊共秬鬯以給淬浴，斷無以酒浴者。又臨弔被介鬯酒，則何以言被也？《司尊彝》「凡六尊六彝之酌，鬱齊獻酌」，注引《郊特牲》云：「汁獻涚于醆酒。」彼注云：「謂涚秬鬯以醆酒也。獻，讀當爲莎，齊語也。秬鬯者，中有煮鬱和以盎齊，靡莎泲之，出其香汁，因謂之汁莎。」《鬱人》亦言「和鬱鬯以實彝」。是鬱鬯必俟和於酒，而鬱鬯非酒也。蓋鬱爲香草名，擣煑合而釀成之謂之鬯，所以釀之用黍，故又曰秬鬯。今人擣諸香草之屑合之稻米，摶以爲佩，俗稱爲香料，即鬯之遺制也。用於祼則和醆酒而泲之，用於浴則和水以供之，用於弔喪則不和而被之。鬯人汎掌諸鬯，鬱人專主灌酌。職有不同，故名有各異。以鬯爲香草者，從其本也。

貽我來牟。

傳：牟，麥。

循按：「來牟」者，麥之緩聲也。《説文》：「麥，芒穀，秋種厚薶，故謂之麥。」麥取義於薶，而聲即出於薶。《漢書》劉向《封事》引《詩》云：「貽我釐牟。」釐牟，麥也。釐，讀同「薶」，與「來」聲轉。麥爲「牟來」之合聲，猶「終葵」之爲「錐」也。「牟來」倒爲「來牟」，猶「螽斯」「斯螽」，方音相轉，往往倒稱耳。《太誓》「以穀俱來」，言穀不言麥，「來」不必是「來牟」。緯家傅會於牟麥，而鄭氏據以箋《詩》，似「牟」爲麥名，「來」爲「俱來」之「來」。於是《説文》亦有「周所受瑞麥」之訓。又云「天所來也，故以爲行來之來」。此則先有「來牟」之名，而後有「行來」之字，因「天來」以稱「來」，視鄭氏不以來爲麥名，又異，因别出「𥝱」字在禾部云：「齊人謂麥『來』也。」乃「𥝱」即是「來」，齊人呼麥爲𥝱，正麥稱來之證。來之爲麥，猶誺之爲言，斄之爲旄牛，𧳋之爲貍貓，萊之爲蔓華。言、旄、貓、蔓與麥皆雙聲字也。正義引《説文》「一麥一夆」，今《説文》作「一來二夆」。《困學紀聞》載董彦遠《除正字謝啓》所引作「一束二縫」推之，當作「一束二夆」。《説文》云「象芒束之形」，所謂「一束二夆」者，謂制字之義也。

《說文》解「朿」字云：「朿，木芒也，象形。」朿從一冂，來從二人。來之人即朿之冂也。以朿而從二冂成來，故云「一朿二夆」。《說文》：「夆，啎也，讀若縫。」以其刺人爲啎，故云夆，冂，一夆也。从，二夆也。一夆在木，爲朿爲木芒。麥之芒刺衆多，從二夆以象之。故曰：「一朿二夆，象芒刺之形也。」

遭家不造。

傳：造，爲。

箋云：造，猶成也。

循按：《淮南子·天文訓》「介蟲不爲」，高誘注云：「不成爲介蟲也。」是不爲即不成。箋申毛義，而正義以爲異。其解毛云「家事無人爲之」，於經義爲不達矣。家不爲，猶云「魚不爲」「禾不爲」「黍不爲」也。

斯馬斯作。

傳：作，始也。

循按：始之言先也，與「斯臧」「斯才」一例，謂斯馬斯居，衆馬之先也。正義以「及其古始」解，於義未達。

《中華經解叢書·清經解（整理本）》書目

詩經編

詩本音　詩説　（清）顧炎武　著，（清）惠周惕　著，劉真倫、岳珍　點校

毛詩稽古編　（清）陳啓源　著，劉真倫、岳珍　點校

毛詩注疏校勘記　（清）阮元　著，劉真倫、岳珍　點校

毛詩故訓傳　（清）段玉裁　訂，岳珍　點校

詩經小學　毛詩補疏　（清）段玉裁　著，岳珍　點校；（清）焦循　著，劉真倫　點校

毛鄭詩考正　杲溪詩經補注　三家詩異文疏證　（清）戴震　著，（清）戴震　著，（清）馮登府　著，劉真倫、岳珍　點校

毛詩紬義　（清）李黼平　著，劉真倫、岳珍　點校